キミと、いつか。

好きなのに、届かない“気持ち”

宮下恵茉・作
染川ゆかり・絵

集英社みらい文庫

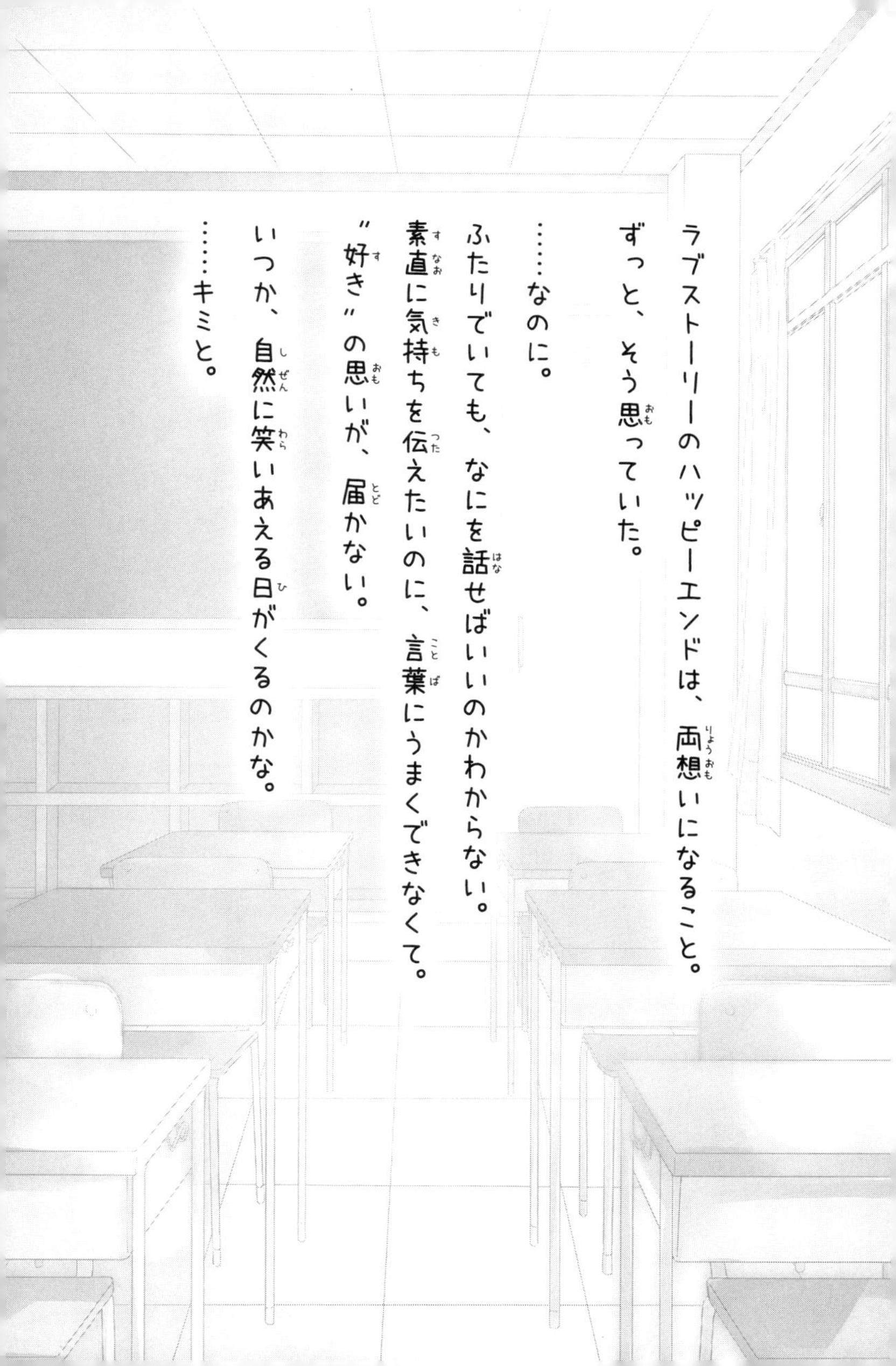

ラブストーリーのハッピーエンドは、両想《りょうおも》いになること。

ずっと、そう思《おも》っていた。

……なのに。

ふたりでいても、なにを話《はな》せばいいのかわからない。

素直《すなお》に気《き》持《も》ちを伝《つた》えたいのに、言葉《ことば》にうまくできなくて。

“好《す》き”の思《おも》いが、届《とど》かない。

いつか、自然《しぜん》に笑《わら》いあえる日《ひ》がくるのかな。

……キミと。

目次《もくじ》&人物紹介《じんぶつしょうかい》

辻本《つじもと》莉緒《りお》

中《ちゅう》1。
色白《いろじろ》で美人《びじん》。
やさしいけれど、
ひっこみ思案《じあん》で、
おとなしいタイプ。

林《はやし》麻衣《まい》

莉緒《りお》の親友《しんゆう》。
明《あか》るく元気《げんき》で、
ボーイッシュ。
小坂《こさか》と仲《なか》よし。

石《いし》崎《ざき》智《とも》哉《や》

莉《り》緒《お》と同《おな》じクラス。
背《せ》が高《たか》くて
おとなっぽく、
女子《じょし》に人気《にんき》がある。
男子《だんし》バスケ部《ぶ》。

小《こ》坂《さか》悠《ゆう》馬《ま》

男子《だんし》バスケ部《ぶ》で、
石崎《いしざき》くんと
仲《なか》がいい。
人《ひと》なつっこいタイプ。

あらすじ

ある日《ひ》とつぜん、
石崎《いしざき》くんに
告白《こくはく》されちゃった。
人気者《にんきもの》の彼《かれ》が、
どうして
私《わたし》なんかに……!?

初《はじ》めてのデートでは、
コップをたおしそうになって
手《て》が触《ふ》れたり……。
私《わたし》ばっかり
ドキドキしちゃって
困《こま》る!!

石崎《いしざき》くんの彼女《かのじょ》に
なれたのはうれしいけれど、

バレー部《ぶ》の子《こ》が
私《わたし》の悪口《わるぐち》言《い》っているのを
聞《き》いてしまったの。

その直後《ちょくご》、石崎《いしざき》くんと
気《き》まずくなる出来事《できごと》が！
ちゃんと話《はなし》をしようと
思《おも》ったのに、声《こえ》をかけられなくて……。

石崎《いしざき》くんとすれちがったまま、
夏休《なつやす》みになっちゃう!?
自分《じぶん》の気持《きも》ち、
素直《すなお》に伝《つた》えたいのに!!

続《つづ》きは本文《ほんぶん》を楽《たの》しんでね❤

1 とつぜんの告白《こくはく》

「辻本《つじもと》さん、ちょっといい？」

ホームルームが終《お》わったあと、席《せき》を立《た》とうとしたら、わたしの机《つくえ》の前《まえ》に、同《おな》じクラスの石崎《いしざき》くんが立《た》っていた。

「えっ、わたし？」

きょとんとして聞《き》きかえした。

中学校《ちゅうがっこう》に入学《にゅうがく》して、そろそろ二か月《げつ》。

新《あたら》しい生活《せいかつ》にも慣《な》れてきた。

だけど、わたしは今《いま》まで石崎《いしざき》くんと一度《ど》も話《はなし》をしたことがない。

部活《ぶかつ》もちがうし、委員《いいん》もちがう。班《はん》だってちがうし、小学校《しょうがっこう》だってぜんぜんちがう。

それなのに、わたしになんの用事《ようじ》があるんだろう？

どう答《こた》えようかおろおろしている間《あいだ》に、石崎《いしざき》くんは廊下《ろうか》へむかってさっさと歩《ある》きだした。

そして、教室《きょうしつ》を出《で》たところでふりかえり、

「来《き》て」

わたしの目《め》を見《み》て、小《ちい》さく手《て》まねきをする。

その瞳《ひとみ》にすいよせられるように、石崎《いしざき》くんのあとを追《お》いかけた。


廊下《ろうか》は、ホームルームを終《お》えたほかのクラスの子《こ》たちであふれかえっていた。

これから部活《ぶかつ》へむかう子《こ》。

おしゃべりをしている子《こ》。

ふざけて体操服《たいそうふく》を投《な》げあいしている男子《だんし》たち。

その間《あいだ》をぬって、石崎《いしざき》くんはゆうゆうと歩《ある》いていく。

(……ずいぶん、背《せ》が高《たか》いんだな)

石崎《いしざき》くんのうしろすがたを見《み》ながら、心《こころ》のなかで思《おも》う。

ほかの子《こ》たちよりも頭《あたま》ひとつ分《ぶん》くらい背《せ》が高《たか》いから、こんなに人《ひと》が多《おお》くても、ぜったいに見《み》うしなわない。

みんなと同《おな》じ一年生《ねんせい》のはずなのに、肩《かた》が広《ひろ》くて、腰《こし》の位置《いち》が高《たか》い。

半袖《はんそで》のシャツから見《み》えるひじもごつごつしていて、うしろすがたは大人《おとな》の男《おとこ》の人《ひと》みたいだ。

そんなことを思《おも》いながら歩《ある》いていたら、石崎《いしざき》くんが通《とお》りすぎたあとを、何人《なんにん》もの女子《じょし》がふりかえっていることに気《き》がついた。

うわさでは、ほかのクラスの女子《じょし》たちからもカッコいいって言《い》われているらしい。

女子《じょし》の先輩《せんぱい》たちからも人気《にんき》があるそうだ。

(石崎《いしざき》くん、わたしの名前《なまえ》、知《し》ってくれてたんだな)

さっき、名前《なまえ》を呼《よ》ばれて、そのことにびっくりした。

きっとクラスのほかの男子《だんし》たちは、わたしの名前《なまえ》なんて覚《おぼ》えていないと思《おも》うのに。

(……それにしても、どこ行《い》くんだろ)

石崎《いしざき》くんは、迷《まよ》いのない足取《あしど》りで、どんどん先《さき》を歩《ある》いていく。

なにげなく、廊下《ろうか》の窓《まど》から外《そと》を見《み》た。

朝《あさ》から降《ふ》っていた雨《あめ》はまだやみそうもなく、校庭《こうてい》にはたくさんの水《みず》たまりができていた。

その雨音《あまおと》に耳《みみ》をかたむけながら歩《ある》いていたら、急《きゅう》に石崎《いしざき》くんが足《あし》を止《と》めた。

わたしも足《あし》を止《と》め、あわててあたりを見回《みまわ》す。

（ここ、どこ？）

ぼんやりしていたから気《き》がつかなかったけど、いつの間《ま》にか四階《かい》の理科準備室《りかじゅんびしつ》の前《まえ》まで来《き》ていたみたいだ。

さっきまでのにぎやかな廊下《ろうか》とはうって変《か》わって、まわりにはだれもいない。

ひんやりした冷気《れいき》が足《あし》もとから立《た》ちのぼり、雨音《あまおと》だけがやけに大《おお》きく聞《き》こえる。

どうしていいかわからなくてその場《ば》に立《た》ちつくしていたら、石崎《いしざき》くんが、ぱっとふりかえった。

「辻本《つじもと》さん」

とつぜん、名前《なまえ》を呼《よ》ばれて、びくーんと背筋《せすじ》を伸《の》ばす。

「はっ、はいっ！」

頭《あたま》のてっぺんから出《で》たようなすっとんきょうな声《こえ》で、返事《へんじ》をする。

すると、石崎《いしざき》くんがささやくように言《い》った。

「俺《おれ》と、つきあってくれない？」
「……えっ？」
思《おも》わずぽかんと口《くち》をあけ、まじまじと石崎《いしざき》くんの顔《かお》を見《み》る。
そしてすぐに、はっとした。
今《いま》のわたし、史上最低《しじょうさいてい》にぶさいくな顔《かお》してる！
あわてて口《くち》を閉《と》じて、石崎《いしざき》くんが言《い》った言葉《ことば》を頭《あたま》のなかでくりかえした。
『ツジモトサン、オレト、ツキアッテクレナイ？』
『つじもとさん、おれと、つきあってくれない？』
『辻本《つじもと》さん、俺《おれ》と、つきあってくれない？』
ひゅうっと息《いき》をすいこむ。
……ウソ！
（お、落《お》ちついて、莉緒《りお》！）
両手《りょうて》を胸《むね》にあてて、自分《じぶん》で自分《じぶん》をはげました。
だって、相手《あいて》はあの石崎智哉《いしざきともや》くんだ。

わたしなんかに、つきあってくれなんて言《い》うわけがない。

もしかしたら、ほかの辻本《つじもと》さんとまちがっているのかも。

「あのう、わたし、辻本莉緒《つじもとりお》ですけど……」

確認《かくにん》の意味《いみ》を込《こ》めておそるおそる聞《き》いてみたら、石崎《いしざき》くんは切《き》れ長《なが》の目《め》を真《ま》ん丸《まる》にして
から、ぷっとふきだした。

「そうだよ。一年《ねん》二組《くみ》で芸術部《げいじゅつぶ》の辻本莉緒《つじもとりお》さん。ちゃんとわかってるよ」

「えーっ！」

本日《ほんじつ》二度目《どめ》のぶさ顔《がお》で（たぶん）、わたしはあとずさった。

石崎《いしざき》くんみたいなステキ男子《だんし》が、どうしてわたしみたいに地味《じみ》な女子《じょし》に？

そこで、はっと気《き》がついた。

もしかして、これはいたずらなのかもしれない。

どこかでクラスの子《こ》たちがこの様子《ようす》をこっそり見《み》ていて、わたしがおどろいているのを
笑《わら》ってたりして……！

目《め》だけであたりを見回《みまわ》していたら、石崎《いしざき》くんがもう一度《ど》言《い》った。

「……俺《おれ》じゃ、ダメかな？」

「そ、そんなことないです！」

わたしはぶんぶんと首《くび》を横《よこ》にふった。

石崎《いしざき》くんにつきあってと言《い》われて断《ことわ》る女子《じょし》なんて、ぜったいいないと思《おも》う！

（でも……）

どうして、わたしなんだろう？

今《いま》まで、一度《ど》も話《はなし》をしたことがないのに。

すると石崎《いしざき》くんは照《て》れくさそうにほほえんで、続《つづ》けた。

「いきなりだから、びっくりするよね」

石崎《いしざき》くんの言葉《ことば》に、はじかれたように顔《かお》をあげる。

さらさらの黒髪《くろかみ》。

切《き》れ長《なが》で、涼《すず》し気《げ》な瞳《ひとみ》。

整《ととの》った小《ちい》さな顔《かお》。

まるで少女《しょうじょ》まんがからぬけでてきたような石崎《いしざき》くんが、じっとわたしを見《み》つめている。

「明日《あした》の放課後《ほうかご》、またここに来《き》てくれる？　よかったらそのときに、返事《へんじ》してください」

落《お》ちついた口調《くちょう》でそう言《い》うと、石崎《いしざき》くんは「じゃあ」とわたしをおいて、行《い》ってしまった。

（わたし、告白《こくはく》されちゃった……！）

ざあああああ

だれもいない廊下《ろうか》に、雨《あめ》の音《おと》がひびきわたる。

2 初《はじ》めての両《りょう》想《おも》い

『辻本《つじもと》さん、俺《おれ》と、つきあってくれない？』

はあああああ

クッションをかかえて、ごろんとベッドに寝《ね》っ転《ころ》がった。

今思《いまおも》いかえしても、うそみたい。

わたしが、あの石崎《いしざき》くんに告白《こくはく》されたなんて。

石崎《いしざき》くんは、背《せ》が高《たか》いだけじゃなくて顔立《かおだ》ちも大人《おとな》っぽくて、入学《にゅうがく》したときから、ものすごく目立《めだ》っていた。

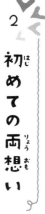

わたしも入学式《にゅうがくしき》の日《ひ》に、石崎《いしざき》くんを初《はじ》めて見《み》たとき、びっくりした。

だって、わたしが一番大好《いちばんだいす》きな少女《しょうじょ》まんが・『イチ恋《こい》』に出《で》てくる『アオイくん』そっくりだし！

それが、第一印象《だいいちいんしょう》。

でも、今《いま》までなんの関《かか》わりもなかった。

自慢《じまん》じゃないけど、わたしはクラスのなかで、たぶん一番地味《いちばんじみ》な女子《じょし》だ。

もしもわたしが風邪《かぜ》を引《ひ》いて休《やす》んでも、気《き》がついてくれるのは、ほんの数人《すうにん》だけだと思《おも》う。

そんなわたしに、こんな少女《しょうじょ》まんがみたいなことが起《お》こるなんて、信《しん》じられない！

手《て》を伸《の》ばして、本棚《ほんだな》から『イチ恋《こい》』を数冊取《すうさつと》りだし、ぱらぱらとページをめくる。

わたしには、中学《ちゅうがく》になってできた親友《しんゆう》がいる。

その子《こ》の名前《なまえ》は、林麻衣《はやしまい》ちゃん。

普段《ふだん》は、まいまいって呼《よ》んでいる。

まいまいは、小学生《しょうがくせい》の頃《ころ》からずっと、同《おな》じバスケ部《ぶ》の小坂《こさか》くんに片思《かたおも》いしていて、最近《さいきん》ついに両想《りょうおも》いになった。

小坂《こさか》くんのなにげない言葉《ことば》やしぐさに、悩《なや》んだり、喜《よろこ》んだりするまいまいはとってもかわいくて、わたしも早《はや》くそんな恋《こい》がしたいなあってあこがれていた。

(わたしにも、そんな恋《こい》がやってきたんだ!)

胸《むね》の上《うえ》に『イチ恋《こい》』をふせて、目《め》をつぶる。

近《ちか》いうちに、四人《よにん》でダブルデートとかできるかな?

いつかそんなことができたらいいねって、ふたりで言《い》ってたし!

(明日《あした》、石崎《いしざき》くんに伝《つた》えよう。『おつきあい、します』って)

そう決《き》めたとたん、明日《あした》がくるのがこわいような、でもやっぱり楽《たの》しみなような、不思《ふし》議《ぎ》な気持《きも》ちになる。

ざあああああ
外《そと》の雨《あめ》は、まだやみそうもない。

心地《ここち》いいBGM《ビージーエム》のような雨音《あまおと》に、わたしは耳《みみ》をすましました。

翌日《よくじつ》の放課後《ほうかご》。

わたしは勇気《ゆうき》をふりしぼって、また四階《かい》の理科準備室前《りかじゅんびしつまえ》へとむかった。
そこには、もうすでに石崎《いしざき》くんが待《ま》っていた。
廊下《ろうか》の窓《まど》によりかかって、外《そと》を見《み》ている。
なんてことないその姿《すがた》も、石崎《いしざき》くんだとやけに絵《え》になる。
思《おも》わず見《み》とれていると、石崎《いしざき》くんはわたしが来《き》たことに気《き》がついた。
ちょっと緊張《きんちょう》したような顔《かお》でこちらにむきなおる。
「あの……」
そう言《い》ってみたものの、とたんに頭《あたま》のなかが真《ま》っ白《しろ》になる。
そこからどう切《き》りだせばいいかわからない。
こういう場合《ばあい》、どう答《こた》えればいいんだろう。
『つきあいます』って言《い》えばいいのかな？
それって、いきなりすぎ？
じゃあ、なんて言《い》えばいいんだろう？
考《かん》がえれば考《かん》がえるほどわからなくなって、なにも言《い》えなくなる。

うつむいて、ひたすら、自分《じぶん》のうわばきの先《さき》を見《み》つめた。

かたくにぎりしめた両方《りょうほう》の指先《ゆびさき》が、熱《ねつ》を持《も》って熱《あつ》くなる。

ずっとだまっていたら、石崎《いしざき》くんから切《き》りだしてくれた。

「返事《へんじ》、考《かんが》えてくれた？」

その言葉《ことば》に、ぎこちなくうなずく。

「……わ、わたしでよければ」

消《き》え入《い》りそうな声《こえ》でなんとか言《い》うと、石崎《いしざき》くんがほっとしたような声《こえ》で言《い》った。

「よかった」

その声《こえ》に、ゆっくりと顔《かお》をあげると、わたしをまっすぐに見《み》つめる石崎《いしざき》くんと目《め》が合《あ》った。

じっと見《み》つめられて、息《いき》が止《と》まりそうになる。

すると、石崎《いしざき》くんがふっとほほえんだ。

「これから、よろしく」

そう言《い》って、わたしにむかって手《て》を差《さ》しだした。

日《ひ》に焼《や》けた、大《おお》きな手《て》。

わたしもおそるおそる手《て》を伸《の》ばす。

「……こちらこそ、よろしくお願《ねが》いします」

そっとその手《て》に触《ふ》れる。

初《はじ》めて触《ふ》れた男《おとこ》の子《こ》の手《て》は、想像《そうぞう》していたよりもずっと大《おお》きくて、あたたかかった。

3 もどかしい日々《ひび》

いきなりの告白《こくはく》から、あっという間《ま》に二週間《しゅうかん》がたった。

その間《あいだ》に、二回《かい》だけ、ふたりでいっしょに下校《げこう》した。

そのせいか、わたしと石崎《いしざき》くんがつきあいだしたことは、あっという間《ま》に学年中《がくねんじゅう》に知《し》れわたってしまったようだ。

教室移動《きょうしついどう》のときに廊下《ろうか》を歩《ある》いていると、知《し》らない子《こ》から、ちらちら見《み》られるようになってしまった。

(それは、いいんだけど……)

わたしはおはしをくわえたまま、ちらっと教室《きょうしつ》のはしに目《め》をうつした。

石崎《いしざき》くんは、もうお弁当《べんとう》を食《た》べ終《お》えたようで、席《せき》を立《た》とうとしているところだった。

シューズケースを持《も》っているし、今《いま》からバスケ部《ぶ》の昼練《ひるれん》に行《い》くみたいだ。

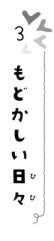

ほかの男子《だんし》たちと同《おな》じ制服《せいふく》を着《き》ているのに、どうして石崎《いしざき》くんだけ、あんなにかっこよく見《み》えるんだろう？

ううん、見《み》た目《め》がかっこいいだけじゃない。

石崎《いしざき》くんは、知《し》れば知《し》るほど完璧《かんぺき》な男《おとこ》の子《こ》だ。

例《たと》えば。

いっしょに下校《げこう》しているとき。

わたしが車道側《しゃどうがわ》を歩《ある》いていたら、場所《ばしょ》を移動《いどう》してくれるし、細《ほそ》い道《みち》を通《とお》るときはいつもわたしを先《さき》に行《い》かせてくれる。

それもわざとらしい感《かん》じじゃなくて、ホントにさりげなく。

それに、石崎《いしざき》くんはとても頭《あたま》がいい。

授業中《じゅぎょうちゅう》、先生《せんせい》たちはむずかしい問題《もんだい》になると、いつだって石崎《いしざき》くんをあてる。けど、石《いし》崎《ざき》くんはいつも平気《へいき》な顔《かお》でさらりと答《こた》えてしまう。

あんなにかっこよくて、頭《あたま》もよくて、バスケも上手《じょうず》で、おまけにとってもやさしい人《ひと》がわたしの彼氏《かれし》だなんて、今《いま》でも信《しん》じられない。

じっと見《み》ていたからか、石崎《いしざき》くんがわたしの視線《しせん》に気《き》がついた。一瞬《いっしゅん》、目《め》が合《あ》ったのに、ぱっとそらしてしまった。

（ああ、またやっちゃった……）

きゅっとくちびるをかみしめる。

石崎《いしざき》くんは、わたしの彼氏《かれし》。

なのに、ふたりきりになっても、なにを話《はな》せばいいのかわからない。

教室《きょうしつ》で目《め》が合《あ》っても、どんな顔《かお》をすればいいのかわからない。

ふたりで下校《げこう》したときも、一度目《どめ》は、まいまいと小坂《こさか》くんにちょっとしたアクシデントがあって、そのことについて自然《しぜん》と話《はな》しができたからよかったんだけど、二度目《どめ》は話題《わだい》を見《み》つけられなくて、石崎《いしざき》くんから聞《き》かれたことにひと言《こと》ふた言答《ことこた》えただけ。

あとは、ほとんど話《はなし》をしないまま、家《いえ》に着《つ》いてしまった。

好《す》きな芸能人《げいのうじん》っているのかな。

好《す》きな色《いろ》はなんだろう？

家《いえ》ではいつもどんなことしてるの？

兄弟《きょうだい》っている？

ホントはいろいろ聞《き》きたいことがあるのに、石崎《いしざき》くんの顔《かお》を見《み》ると、緊張《きんちょう》してなにも言《い》えなくなってしまう。

いつも家《いえ》に帰《かえ》ったら、その日《ひ》できなかったことを書《か》きだす『反省《はんせい》ノート』まで作《つく》っているのに、今《いま》のところ、効果《こうか》はない。

（どうしたら、うまく話《はな》せるのかなあ……）

はあっと息《いき》をはいたら、まいまいがわたしの顔《かお》の前《まえ》でひらひらと手《て》をふった。

「ちょっと、莉緒《りお》。なに暗《くら》い顔《かお》してんのよ」

すかさず、まいまいの腕《うで》をがしっとつかんだ。

「ねえ、まいまい！」

そう言《い》って、より目《め》になりそうなくらい顔《かお》を寄《よ》せる。

「どうしたらそんなに上手《じょうず》におしゃべりができるの？　わたしにもコツを教《おし》えて！」

まいまいは、あわててわたしから体《からだ》をはなした。

「莉緒《りお》ってば、顔近《かおちか》すぎ！　びっくりするじゃん」

はっとして、まいまいの腕《うで》から手《て》をはなす。

「ご、ごめん。つい」

しょんぼりしてうつむく。


まいまいと小坂《こさか》くんは、いつだって楽《たの》しそうに話《はなし》をしている。

実《じつ》は、ふたりがつきあうまでは、いろんな誤解《ごかい》があったりして大変《たいへん》だったんだけど、結《けっ》果的《かてき》にはうまくいって、今《いま》まで以上《いじょう》に仲《なか》がいい。

そんなふたりのことを、うらやましいなあっていつも思《おも》っているのだ。


「なに、そんな思《おも》いつめてんの？」

心配《しんぱい》そうにわたしの顔《かお》をのぞきこんだまいまいに、わたしはぽつぽつ悩《なや》みを打《う》ち明《あ》けた。

「わたし、上手《じょうず》に話《はなし》ができなくて、石崎《いしざき》くんといても、いつも沈黙《ちんもく》しちゃうんだよ。まいまいと小坂《こさか》くんみたいに、いっぱいおしゃべりしてみたいのに」

思《おも》いきって言《い》ったのに、まいまいは「なあんだ。そんなことか」とあきれたようにイスにもたれた。

「べつに無理《むり》して話《はな》そうとしなくていいんじゃない？　っていうか、いつもわたしといっしょにいるときみたいにしてればいいんだよ。わたしとだったら、よくしゃべるじゃん」

まいまいの言葉《ことば》に、すぐにかぶりをふる。

「だって、まいまいと石崎《いしざき》くんとはちがうよ。それに、わたしがまいまいと話《はな》す内容《ないよう》っていつも少女《しょうじょ》まんがのことばっかりだもん。石崎《いしざき》くんにそんな話《はなし》、できないよ」

肩《かた》を落《お》としてうつむいたら、まいまいがいきなりわたしのほっぺたを両手《りょうて》でびよーんとひっぱった。

「莉緒《りお》って、『だって』ばっかり言《い》ってるね」

そう言《い》ってから、ふっと笑《わら》って手《て》をはなした。

「こうしなきゃとか、ああしなきゃとか思《おも》わなくていいんだって。石崎《いしざき》くんは、そのままの莉緒《りお》がいいんだよ」

「……そのままの、わたし？」

「そうだよ。莉緒《りお》は自分《じぶん》が思《おも》ってるよりもずっと、かわいくて、やさしくて、女《おんな》の子《こ》らしくて、わたしのあこがれの女《おんな》の子《こ》なんだよ。入学式《にゅうがくしき》の日《ひ》から、なんて美少女《びしょうじょ》なんだろうってうっとり見《み》てたんだから」

「え〜っ、わたしが？」

地味《じみ》で、少女《しょうじょ》まんがおたくで口下手《くちべた》な、わたしのどこにあこがれる要素《ようそ》なんてあるんだろう。

そんなの、ぜんぜん納得《なっとく》できない。

そのとき、チャイムが鳴《な》った。

お昼休《ひるやす》みは、もうおしまいだ。

「ともかく、自信《じしん》持《も》って。ねっ」

まいまいはそう言《い》うと、お弁当袋《べんとうぶくろ》を持《も》って自分《じぶん》の席《せき》へともどっていった。

わたしもお弁当袋《べんとうぶくろ》をかばんにもどして、小《ちい》さく息《いき》をはく。

（自信《じしん》かあ……）

小《ちい》さいときから、わたしはいつも友《とも》だちを作《つく》るのがへたくそだった。

みんなが楽《たの》しそうに遊《あそ》んでいるなかに、わたしだって入《い》れてもらいたいのに、どうすればいいのかが、わからない。

いきなり入《い》れてって言《い》ったら、いやがられるかな。

だれか、声《こえ》をかけてくれないかな。

頭《あたま》のなかであれこれ思《おも》っている間《あいだ》に、気《き》がついたら、ひとりになっていることが多《おお》かった。

だから中学生《ちゅうがくせい》になったら、自分《じぶん》からがんばっていろんな子《こ》に話《はな》しかけて、たくさん友《とも》だちを作《つく》らなきゃって思《おも》っていたのに、入学《にゅうがく》して数日《すうじつ》で、まわりにはあっという間《ま》にグループができてしまった。

結局《けっきょく》、わたしはどこにも入《はい》れずに、いつものように教室《きょうしつ》のはしっこでぽつんと座《すわ》っていた。

そんなわたしを見《み》かねて、まいまいが話《はな》しかけてくれたのだ。

だから、わたしにとってまいまいは、神《かみ》さまみたいな女《おんな》の子《こ》だ。

(うーん。それにしても、どうしたら、自分《じぶん》に自信《じしん》が持《も》てるようになるのかなあ)

つきあいだして二週間《しゅうかん》たっても、まだ石崎《いしざき》くんとつきあっていることが信《しん》じられないくらいなのに。

すると廊下《ろうか》からバタバタと足音《あしおと》がして、石崎《いしざき》くんが男《だん》バスの子《こ》たちといっしょに教室《きょうしつ》にかけこんできた。

わたしの机《つくえ》の横《よこ》を通《とお》りすぎて、自分《じぶん》の席《せき》へともどっていく。

その姿《すがた》を目《め》で追《お》ってから、教科書《きょうかしょ》を取《と》りだそうとして、はっとした。

机《つくえ》の上《うえ》に、小《ちい》さく折《お》りたたんだ紙《かみ》が置《お》いてある。

(なんだろ、これ。さっきまで、こんなのなかったのに)

不思議《ふしぎ》に思《おも》って広《ひろ》げてみると、ノートの切《き》れはしに、急《いそ》いで書《か》いたような字《じ》。

『今週《こんしゅう》の土曜日《どようび》、ふたりでどこかに遊《あそ》びにいこう』

(……これ、もしかして、石崎《いしざき》くんからの手紙《てがみ》？)

ってことは、デートにさそってくれてるってこと？

顔《かお》をあげて、石崎《いしざき》くんのほうを見《み》る。

すると、石崎《いしざき》くんがこっちを見《み》て、首《くび》をかしげるしぐさをした。

(返事《へんじ》は？　ってことだよね)

ふたりきりのデート。

ものすごくあこがれるけど、また上手《じょうず》におしゃべりができなくて、気《き》まずくなっちゃうかも……。

そう思《おも》いかけて、きゅっとくちびるをかんだ。

ダメダメ。

ついさっき、まいまいに『自信持《じしんも》って』って言《い》われたところなのに。

わたしは、石崎《いしざき》くんの顔《かお》を見《み》て、おそるおそるうなずいた。

すると、石崎《いしざき》くんはにっこりほほえんで、手《て》に持《も》っていたペンをくるりとまわした。

4 ドキドキの服《ふく》選《えら》び

「うん、これに決《き》めた！」

わたしはベッドに広《ひろ》げたワンピースを手《て》に取《と》って、もう一度《ど》だけ鏡《かがみ》の前《まえ》に立《た》ってみた。

だけど、鏡《かがみ》にうつる自分《じぶん》を見《み》て、とたんに自信《じしん》がなくなる。

「……やっぱり、こっちのボーダーのほうがいいかな」

ワンピースを置《お》いて、今度《こんど》はT《ティー》シャツをあててみる。

だけど、やっぱりこれも似合《にあ》っていないような気《き》がする。

「あー、どうしよう～」

さっきから、土曜日《どようび》のデートに着《き》ていく服《ふく》を選《えら》んでいるんだけど、ずっとこんな調子《ちょうし》。

もう一時間《じかん》くらい迷《まよ》っている。なのに、ぜんぜん決《き》まらない。

ホームルームのあと、廊下《ろうか》で石崎《いしざき》くんに呼《よ》び止《と》められた。

さそってくれた土曜日《どようび》は、急《きゅう》に顧問《こもん》の先生《せんせい》が出張《しゅっちょう》になって、部活《ぶかつ》がオフになったんだって。

「どこか行《い》きたいところある？」

そう聞《き》かれて、また頭《あたま》のなかが真《ま》っ白《しろ》になった。

『イチ恋《こい》』では、初《はつ》デートはどこだったっけ？

そもそも、デートって普通《ふつう》はどういうところに行《い》くものなの？

考《かんが》えれば考《かんが》えるほど、頭《あたま》のなかがこんがらがる。

「ど、どこでもいいよ」

口《くち》のなかでもごもご言《い》うと、石崎《いしざき》くんがすぐに答《こた》えた。

「じゃあ、映画《えいが》でもいいかな。電車《でんしゃ》で行《い》かなきゃいけないけど」

そう言《い》われて、今度《こんど》はこくんとうなずいた。

初《はつ》デートが映画《えいが》なんて、ホントに少女《しょうじょ》まんがみたい！

（うふふ、楽《たの》しみだなあ）

ベッドに広《ひろ》げた服《ふく》をクローゼットにもどそうとしたとき、

ガチャン

玄関《げんかん》のドアが開《ひら》く音《おと》がした。

あれっと思《おも》って廊下《ろうか》に顔《かお》を出《だ》すと、スーツ姿《すがた》のお母《かあ》さんがあわただしくかけこんできた。

「あ、おかえりなさい。今日《きょう》は、早《はや》いね」

声《こえ》をかけたけど、お母《かあ》さんはすごいスピードでわたしの前《まえ》を通《とお》りすぎていった。

「ちがうのよ、ファイルを取《と》りに帰《かえ》ってきただけ。今《いま》から打《う》ち合《あ》わせがあるのに、かんじんの資料《しりょう》を忘《わす》れちゃって」

早口《はやくち》でそう言《い》うと、またあわただしくわたしの前《まえ》を通《とお》りすぎようとして、足《あし》を止《と》めた。

「莉緒《りお》。ベランダにまだ洗濯物《せんたくもの》が出《で》たままだったよ。あと、リビングのカーテン、あけっぱなし。ちゃんと閉《し》めなきゃ外《そと》から丸見《まるみ》えじゃないの。いつも言《い》ってるでしょ」

「えっ」

部屋《へや》の時計《とけい》を見《み》ると、いつの間《ま》にか七時《じ》をずいぶんまわっている。

「ご、ごめんなさい」

服《ふく》を選《えら》ぶのに夢中《むちゅう》になって、うっかりしていた。

いつもは学校《がっこう》から帰《かえ》ったら、すぐに取《と》りこむようにしているのに。

あわてて部屋《へや》を出《で》ようとしたら、お母《かあ》さんがわたしの部屋《へや》をのぞきこんだ。

「なにしてたの？　こんなに服《ふく》、散《ち》らかしちゃって」

「あ、あの、これは土曜日《どようび》に……」

石崎《いしざき》くんのことを言《い》おうかどうか迷《まよ》っている間《あいだ》に、お母《かあ》さんは申《もう》し訳《わけ》なさそうに眉根《まゆね》を寄《よ》せた。

「あー、そうだ。カレンダーに書《か》くの、忘《わす》れてた。ごめんね、莉緒《りお》。お母《かあ》さん、土曜日《どようび》も朝《あさ》から日帰《ひがえ》りで出張《しゅっちょう》に行《い》かなくちゃいけないの。帰《かえ》ってくるの、夜中《よなか》になるんだ」

「……あ、そうなんだ」


お母《かあ》さんは、フルタイムで仕事《しごと》をしている。

わたしが小学生《しょうがくせい》の間《あいだ》は、週末《しゅうまつ》にはきっちりお休《やす》みがあったのに、中学生《ちゅうがくせい》になったのを機《き》に部署《ぶしょ》が変《か》わり、お母《かあ》さんは土日《どにち》も仕事《しごと》に出《で》るようになった。

わたしが入学《にゅうがく》してまだ二か月《げつ》ほどなのに、出張《しゅっちょう》はもう五回目《かいめ》。今《いま》のところ日帰《ひがえ》りばかりだけど、この先《さき》、泊《と》まりの出張《しゅっちょう》も入《はい》るかもしれないと言《い》われている。

「今日《きょう》もたぶん、帰《かえ》るの終電《しゅうでん》になると思《おも》うんだよね。悪《わる》いけど、晩《ばん》ごはん、適当《てきとう》に食《た》べといてくれる？」

そう言《い》って肩《かた》にかけたバッグからあわただしく五千円札《ごせんえんさつ》を出《だ》すと、わたしの手《て》にのせた。

「……あ、でも」

わたしの返事《へんじ》を聞《き》く間《ま》もなく、お母《かあ》さんは玄関《げんかん》へと急《いそ》ぐ。

「莉緒《りお》がきちんと家《いえ》のことしてくれてるから、お母《かあ》さん、安心《あんしん》して仕事《しごと》をがんばれるんだよ。なんたって、莉緒《りお》とお母《かあ》さんは相棒《あいぼう》だもんね」

お母《かあ》さんはふりかえって、わたしにぱちんとハイタッチをした。

「そうそう、ゆっくり聞《き》けないでいたけど、学校《がっこう》、どう？　前《まえ》に友《とも》だちができたって言《い》ってたよね。なんてったっけ。ええっと、でんでんむしちゃん、だっけ？」

わたしは思《おも》わずふきだした。

そんな名前《なまえ》の友《とも》だち、おかしすぎる！

「ちがうよ。まいまい。林麻衣《はやしまい》ちゃんだよ」

わたしが言《い》うと、お母《かあ》さんは手《て》に持《も》っていたファイルをバッグに押《お》しこみながら、あはとひとりで笑《わら》った。

「そうそう。まいまいちゃんね。なんかかたつむりみたいな名前《なまえ》だなーって思《おも》ってたの。ちょっと似《に》てるでしょ」

お母《かあ》さんは、そこではっとして腕時計《うでどけい》を見《み》た。

「いっけない。おしゃべりしてたら、打《う》ち合《あ》わせに遅《おく》れちゃう。じゃあ、戸締《とじま》りちゃんとしといてね。なにかあったら、電話《でんわ》して。あと、洗濯物《せんたくもの》、すぐ入《い》れといてよ」

ハイヒールに足《あし》をつっこむと、ばたんとドアを閉《し》めて、玄関《げんかん》から出《で》て行《い》ってしまった。

コツコツコツ……

ドアの向《む》こうから、遠《とお》ざかっていくお母《かあ》さんの足音《あしおと》が聞《き》こえる。

わたされた折《お》り目《め》のない五千円札《ごせんえんさつ》を見《み》て、小《ちい》さく息《いき》をつく。

（昨日《きのう》、お金《かね》もらったとこなんだけどなあ……）

わたしの家《いえ》には、お父《とう》さんがいない。

生《う》まれたときからずっと、わたしとお母《かあ》さんのふたりだけだ。

だから、お母《かあ》さんは一生懸命《いっしょうけんめい》仕事《しごと》をして、家《うち》のことはわたしがする。

それが、ふたり家族《かぞく》の我《わ》が家《や》のルール。

部活《ぶかつ》だってそのために、わざわざ活動時間《かつどうじかん》が少《すく》ない芸術部《げいじゅつぶ》に入《はい》ったのだ。

だから、夜《よる》、ひとりぼっちになることも、小学生《しょうがくせい》のときからなれっこだ。

さみしいなんて、口《くち》に出《だ》しちゃいけない。


五千円札《ごせんえんさつ》を『家用《いえよう》』のおさいふに入《い》れて、急《いそ》いでベランダにむかう。

陽《ひ》が落《お》ちて、すっかり冷《つめ》たくなった洗濯物《せんたくもの》をあわてて取《と》りこむ。

(あ〜あ、また失敗《しっぱい》しちゃった……)

夜《よる》になってもベランダに洗濯物《せんたくもの》がぶらさがっていたら、となり近所《きんじょ》の人《ひと》たちに、『あそこは母子家庭《ぼしかてい》だから』と思《おも》われる。それがいやなんだとお母《かあ》さんは前《まえ》に言《い》っていた。

その気持《きも》ち、わたしにもなんとなくわかる気《き》がする。

わたしは、お母《かあ》さんが大好《だいす》きだ。

だからお母《かあ》さんの役《やく》に立《た》ちたいのに、どんくさいわたしは、今日《きょう》みたいに時々《ときどき》、うっかりすることがあって注意《ちゅうい》されてしまう。

そのたびに、やっぱりわたしはだめだなあと落《お》ちこんでしまう。

リビングに洗濯物《せんたくもの》をほうりこみ、カーテンを閉《し》めようとして手《て》を止《と》めた。

ベランダから見《み》える夜空《よぞら》に、星《ほし》が光《ひか》っている。

そういえば土曜日《どようび》は晴《は》れるって、天気予報《てんきよほう》で言《い》ってたっけ。

いつもの週末《しゅうまつ》は、自分《じぶん》の部屋《へや》でひたすら少女《しょうじょ》まんがを読《よ》んでいる。

そうすれば、さびしい気持《きも》ちを忘《わす》れることができるから。

だけど、今度《こんど》の土曜日《どようび》は石崎《いしざき》くんと映画《えいが》を観《み》に行《い》ける。

そう思《おも》ったら、さっきまでの落《お》ちこんだ気持《きも》ちがうそみたいに消《き》えていく。

(初《はじ》めてのデート、楽《たの》しみだな)

わたしはふふっとひとりで笑《わら》って、いきおいよくカーテンを閉《し》めた。

5 初《はつ》デート

ハンカチ、持《も》った。

ティッシュもある。

おさいふに、リップクリーム、家《いえ》のカギもちゃんと持《も》った。

それから……。

わたしはバッグのなかからピンク色《いろ》のリボンをむすんだ袋《ふくろ》を取《と》りだして、うふっと笑《わら》った。

昨日《きのう》、学校《がっこう》から帰《かえ》って焼《や》いてみた、手作《てづく》りのクッキー。

バニラとココアのシンプルな味《あじ》だけど、何度《なんど》も試作《しさく》して、おいしくできた。

『イチ恋《こい》』のなかで、ヒロインのユウちゃんが、初《はじ》めてのデートのとき、アオイくんにクッキーをわたしている場面《ばめん》を見《み》て、わたしもいつか真似《まね》してみたいなあって思《おも》っていたのだ。
(忘《わす》れ物《もの》、大丈夫《だいじょうぶ》だよね)
マンションを出《で》て、坂道《さかみち》を下《くだ》り、駅《えき》へむかう。
その途中《とちゅう》にあるいろんなお店《みせ》のショーウィンドーで、全身《ぜんしん》をくまなくチェックする。
散々《さんざん》悩《なや》んだ結果《けっか》、お気《き》に入《い》りのピンクのカットソーと白《しろ》のスカートにした。
髪《かみ》はむすぼうかどうしようかすごく悩《なや》んだけど、結局《けっきょく》いつもと同《おな》じヘアスタイル。
くちびるには、ほんのちょっぴり色《いろ》がつくリップクリームをぬってみた。
(変《へん》じゃ、ないよね)
腕時計《うでどけい》を見《み》て、時間《じかん》を確認《かくにん》する。
約束《やくそく》は、中央改札前《ちゅうおうかいさつまえ》に十一時《じ》。
まだ十分前《じゅっぷんまえ》だから、ぜんぜん余裕《よゆう》だ。
(もう一度《ど》だけ、トイレで髪形《かみがた》チェックしてこようかな)
そう思《おも》いながらなにげなく改札前《かいさつまえ》を見《み》て、はっとした。
ウソ！　石崎《いしざき》くん、もう来《き》てる！

わたしはあわてて石崎《いしざき》くんのもとへかけよった。

「ご、ごめんなさい。待《ま》たせちゃって」

ぺこぺこ頭《あたま》を下《さ》げてあやまると、石崎《いしざき》くんはにっこりほほえんだ。

「ううん、ぜんぜん、待《ま》ってなんかないよ。俺《おれ》んち、この近《ちか》くだから、早《はや》く着《つ》きすぎただけ」

(ふわあ……)

私服姿《しふくすがた》の石崎《いしざき》くんは、ブルーのギンガムチェックのシャツに、ベージュのクロップドパンツ。

制服姿《せいふくすがた》よりもずっと大人《おとな》っぽく見《み》える。

「じゃあ、行《い》こっか」

石崎《いしざき》くんに言《い》われて、うんとうなずく。

目的地《もくてきち》の駅《えき》まで切符《きっぷ》を買《か》って、ふたりで電車《でんしゃ》に乗《の》り、ならんで座《すわ》る。

うまくしゃべれないかもって思《おも》ってたけど、電車《でんしゃ》に乗《の》っている時間《じかん》は十分《じゅっぷん》くらいだから、話《はなし》ができなくても大丈夫《だいじょうぶ》だった。

目的地《もくてきち》のショッピングモールは、駅《えき》と直結《ちょっけつ》していて、大《おお》きなシネコンが入《はい》っている。

わたしもよく知《し》っている場所《ばしょ》だ。

すぐにシネコンへむかうのかと思《おも》っていたら、石崎《いしざき》くんがドーナツを食《た》べてから行《い》かない？　と言《い》いだした。

「え、ドーナツ？」

わたしが言《い》うと、石崎《いしざき》くんはすぐそばにあるドーナツショップを指《ゆび》さした。

「うん、このあたりではここにしかない有名《ゆうめい》なお店《みせ》なんだって」

（へえ～、そうなんだあ）

先月《せんげつ》、まいまいと映画《えいが》を観《み》に来《き》たときは、フードコートのなかにあるハンバーガーショップでおしゃべりをしていたけど、このショッピングモールにそんな有名《ゆうめい》なお店《みせ》が入《はい》っているなんて知《し》らなかった。

そう言《い》われてみれば、店内《てんない》もなんだかおしゃれな感《かん》じがする。

「どれにする？」

ショーウィンドーの前《まえ》で、石崎《いしざき》くんが聞《き》いてきた。

ホワイトショコラオレンジ

抹茶《まっちゃ》ティラミス

洋《よう》ナシとキャラメル

どれもとってもおいしそう！

今《いま》まで食《た》べたことのないおしゃれなフレーバーのドーナツが、ずらりとならんでいる。

（でも、わたし、まだあんまりおなか減《へ》ってないんだけどな）

頭《あたま》のすみでそう思《おも》ったけど、せっかく石崎《いしざき》くんがさそってくれたのに、そんなこと、言《い》えない。

それに、男《おとこ》の子《こ》の前《まえ》でドーナツを食《た》べるって、なんか緊張《きんちょう》する。

（ホントは〝クロワッサンメイプル〟っていうのが食《た》べたいけど、ぽろぽろこぼしちゃいそうだし、どれが一番《ばん》食《た》べやすいかな）

いろいろ迷《まよ》った結果《けっか》、わたしはアップルジュースと期間限定《きかんげんてい》のレモンチーズケーキ味《あじ》のドーナツを、石崎《いしざき》くんは、コーヒーとシンプルなドーナツを選《えら》んだ。

「おいしい？」

石崎《いしざき》くんに聞《き》かれて、もごもごしながらうなずいた。

初《はじ》めて食《た》べる味《あじ》で、とってもおいしい！

……でも、アメリカンサイズのせいか、ものすごく大《おお》きい。

ぜんぶ食《た》べられるか早《はや》くも心配《しんぱい》になってきた。

（それにしても、石崎《いしざき》くん、すごいなあ）

中学生《ちゅうがくせい》でお砂糖《さとう》を入《い》れずにコーヒーが飲《の》めるなんて、大人《おとな》って感《かん》じ。

それに、あれだけいろんなフレーバーがあるのに、わざわざ一番《ばん》シンプルなドーナツを選《えら》ぶなんて、わたしにはない発想《はっそう》だ。

（わたしも、ジュースじゃなくて紅茶《こうちゃ》かなにかにすればよかったな）

まつ毛《げ》をふせて、コーヒーカップに口《くち》をつける石崎《いしざき》くんは、高校生《こうこうせい》みたい。

そういえば、窓側《まどがわ》の席《せき》に座《すわ》っている高校生《こうこうせい》くらいの女《おんな》の子《こ》たちが、さっきから石崎《いしざき》くんのことを何度《なんど》も見《み》ている気《き》がする。

（そりゃあ、石崎《いしざき》くん、かっこいいもんね）

わたしたちの座《すわ》るテーブルのそばにある壁《かべ》は、一面《いちめん》、大《おお》きな鏡《かがみ》になっている。そこに、わたしと石崎《いしざき》くんがうつっている。

ふたりならんでいると、どう見《み》ても同《おな》じ年《とし》には見《み》えないし、ぜんぜん釣《つ》りあっていないような気《き》がする。

（あ〜あ、やっぱり上《うえ》の服《ふく》、ボーダーにしたらよかったかなあ。そしたら石崎《いしざき》くんと同《おな》じ色合《いろあ》いだったのに。それにこのカットソー、ずっと前《まえ》に買《か》ってもらったやつだから、ちょっとこどもっぽかったかも）

しょんぼりしながらジュースを飲《の》んでいたら、石崎《いしざき》くんがふいに言《い》った。

「辻本《つじもと》さん、ピンク、似合《にあ》うね」

「えっ」

「その服《ふく》、すごく似合《にあ》ってる」

まっすぐに見《み》つめられて、たちまち顔《かお》が熱《あつ》くなる。

ふわあ、男《おとこ》の子《こ》にそんなこと言《い》われたの、初《はじ》めて！

やっぱりこの服《ふく》、着《き》てきてよかった！

あまりのうれしさに、頭《あたま》がぼおっとして、ジュースの入《はい》ったグラスに手《て》があたってしまった。

とたんにグラスがぐらりとゆれる。

「……きゃっ」

とっさに石崎《いしざき》くんが手《て》を出《だ》してくれて、間一髪《かんいっぱつ》、こぼさずにすんだ。

(セーフ！)

ほっとして手《て》もとを見《み》ると、石崎《いしざき》くんの手《て》が、わたしの手《て》に触《ふ》れてる⁉

「は、はわわっ！」

ぱっと手《て》をはなすと、石崎《いしざき》くんは不思議《ふしぎ》そうな顔《かお》でわたしを見《み》た。

「大丈夫《だいじょうぶ》？　こぼれてない？」

「……う、うん。ごめんなさい」

消《き》え入《い》るような声《こえ》でそう言《い》うと、ますます顔《かお》がほてってきた。

やばい、今《いま》ぜったいわたし、顔《かお》が真《ま》っ赤《か》になってる……！

どきん　どきん
心臓《しんぞう》の音《おと》を、石崎《いしざき》くんに聞《き》かれてしまいそうで、はずかしくて、顔《かお》があげられない。

（どうしよう……！）

まだ半分《はんぶん》以上《いじょう》残《のこ》っているドーナツとジュースに手《て》をつけられないまま、時間《じかん》だけがすぎていく。

「……もう、おなかいっぱいになっちゃった？」

石崎《いしざき》くんに聞《き》かれて、ゆっくりうなずく。

「じゃあ、そろそろ、行《い》こっか」

「う、うん」

せっかく石崎《いしざき》くんが選《えら》んでくれたお店《みせ》で、食《た》べ残《のこ》しなんてしたくない。

だけど、胸《むね》がいっぱいでどうしても食《た》べられない。

石崎《いしざき》くん、気《き》を悪《わる》くしてたらどうしよう。

そう思《おも》って、こっそり顔色《かおいろ》をうかがってみた。

だけど、石崎《いしざき》くんはたいして気《き》にとめた様子《ようす》もなく、トレーを片付《かたづ》けている。

さっきから、ひとりで落《お》ちこんだり、あわてたりしているのはわたしだけ。
石崎《いしざき》くんは、顔色《かおいろ》ひとつ変《か》えずなんでもスマートにこなしている。
（やっぱり石崎《いしざき》くんって、カンペキだなあ……）

6 反省《はんせい》ノート

ドーナツショップを出《で》て、エレベーターでシネコンのフロアへとむかった。

チケットカウンターの前《まえ》で、石崎《いしざき》くんがふりかえる。

「映画《えいが》なんだけど、なに観《み》よっか？」

「えっ」

「せっかくだから、辻本《つじもと》さんの観《み》たい映画観《えいがみ》ようよ」

そう言《い》われて、チケットカウンター近《ちか》くの電光掲示板《でんこうけいじばん》を見《み》た。

たくさんの上映作品《じょうえいさくひん》のタイトルがならんでいる。

アクションものに、アニメに、感動作《かんどうさく》。

どれがいいかなあと見《み》ていて、ひとつのタイトルに目《め》をとめた。

それは、『セイシュンシックスティーン』という少女《しょうじょ》まんがが原作《げんさく》のラブコメディ。

今《いま》、一番人気《ばんにんき》があるアイドルの男《おとこ》の子《こ》と、雑誌《ざっし》のモデルをしている女《おんな》の子《こ》がダブル初主演《はつしゅえん》というのでも、話題《わだい》になっている。

先月《せんげつ》、まいまいと映画《えいが》を観《み》たときに予告編《よこくへん》が流《なが》れていて、おもしろそうだなあと思《おも》っていたのだ。

(……でも、これ、原作《げんさく》が少女《しょうじょ》まんがだしな)

男子的《だんしてき》には、恋愛《れんあい》ものってどうなんだろう？

やっぱり、アクション系《けい》がいいよね。

でもわたし、人《ひと》が殺《ころ》される場面《ばめん》を観《み》るのは好《す》きじゃないし、血《ち》が出《で》るシーンは苦手《にがて》だ。

それに3D《スリーディー》だと酔《よ》っちゃうし、かといって、アニメはちょっとマニアックな感《かん》じのやつだしなあ……。

「ええっと……」

石崎《いしざき》くんは、じっとわたしを見《み》ている。

(早《はや》く決《き》めなきゃ)

そう思《おも》うのに、どれがいいのかわからない。

時間《じかん》だけがどんどんすぎてしまう。

結局《けっきょく》考《かんが》えがまとまらず、かたまっていたら、石崎《いしざき》くんが腕時計《うでどけい》を見《み》た。

「じゃあ、今《いま》から観《み》られる映画《えいが》で一番《ばん》いい時間帯《じかんたい》のやつにしようか。悪《わる》いけど俺《おれ》、今日《きょう》塾《じゅく》の補講《ほこう》があるし、五時《じ》にはここ出《で》なきゃいけないんだ」

「うん、そうしよう」

ほっとしてうなずく。

ふたりで電光掲示板《でんこうけいじばん》を見上《みあ》げる。

今《いま》から観《み》て、五時《じ》までに終《お》わる映画《えいが》は二本《ほん》だけだった。

わたしの観《み》たい『セイシュンシックスティーン』と、もうひとつはアカデミー賞《しょう》にノミネートされたという長編映画《ちょうへんえいが》。

（あ、ラッキー）

そう思《おも》ったけど、たしか『セイシュンシックスティーン』って、高校《こうこう》に入学《にゅうがく》したばかりの主人公《しゅじんこう》が、クラスのドS男子《エスだんし》にいきなりキスされるってとこから始《はじ》まるストーリーだったよね。

そんな映画《えいが》を観《み》たいなんて言《い》ったら、石崎《いしざき》くんにドン引《び》きされちゃうかも。

「辻本《つじもと》さんって、少女《しょうじょ》まんがが好《す》きだったよね。じゃあ、こっちの映画《えいが》にする？」

石崎《いしざき》くんがそう言《い》って、『セイシュンシックスティーン』を指《ゆび》さしてくれたけど、わたしはううんと首《くび》をふった。

「こ、こっちにしない？」

そう言《い》って、もうひとつの映画《えいが》を指《ゆび》さした。

『夜明《よあ》けの拳《こぶし》』

すぐそばの大《おお》きな垂《た》れ幕《まく》のキャッチコピーを見《み》る。

——全米《ぜんべい》が泣《な》いた！

人間《にんげん》の尊厳《そんげん》とはなにか。

魂《たましい》をゆるがす三時間《じかん》四十分《ぷん》。

（と言《い》ったものの、なんかむずかしそう。しかも、めっちゃ長《なが》いし……！）

だけど、いまさらあとにはひけない。

「辻本《つじもと》さんが観《み》たいなら、それにしようか」

「う、うん」

わたしと石崎《いしざき》くんは『夜明《よあ》けの拳《こぶし》』のチケットを買《か》って、映画館《えいがかん》へと入場《にゅうじょう》した。


「……ちょっと、むずかしかったね」

「……うん」


長《なが》い長《なが》い映画《えいが》を観終《みお》え、わたしと石崎《いしざき》くんはロビーへよろよろと足《あし》を進《すす》めた。

物語《ものがたり》の舞台《ぶたい》は、西部開拓時代《せいぶかいたくじだい》のアメリカ。

白人《はくじん》の農場主《のうじょうぬし》と黒人《こくじん》の使用人《しようにん》との心《こころ》の交流《こうりゅう》を描《えが》く超大作《ちょうたいさく》!

……なんだけど、あまりにも超大作《ちょうたいさく》すぎて、途中《とちゅう》、何度《なんど》も意識《いしき》が遠《とお》のきそうになった。

よくわからない専門用語《せんもんようご》や人《ひと》の名前《なまえ》が出《で》てきて、結局最後《けっきょくさいご》まで意味《いみ》がわからない部分《ぶぶん》がたくさんあったし。

まわりの大人《おとな》たちには、泣《な》いている人《ひと》がたくさんいたけど、わたしにはちんぷんかんぷんだった。

しかも、この映画《えいが》を観《み》ていたのは、お母《かあ》さんよりももっと上《うえ》の世代《せだい》の人《ひと》たちばかりで、わたしたちくらいの年齢《ねんれい》の子《こ》はひとりもいなかった。

途中《とちゅう》、何度《なんど》かとなりに座《すわ》る石崎《いしざき》くんをちらちら横目《よこめ》で見《み》たけど、石崎《いしざき》くんは身《み》じろぎもせず画面《がめん》に集中《しゅうちゅう》していた。

(石崎《いしざき》くんは頭《あたま》がいいから、ちゃんと内容《ないよう》が理解《りかい》できたんだろうなあ……)

せっかくの初《はつ》デートなのに、どうしてこんな映画《えいが》を選《えら》んじゃったんだろう。

やっぱり、『セイシュンシックスティーン』にすればよかった。

そう思《おも》ってしょんぼりしていたら、石崎《いしざき》くんが申《もう》し訳《わけ》なさそうにわたしの顔《かお》をのぞきこんできた。

「ごめんね、俺《おれ》、塾《じゅく》があるから、そろそろ帰《かえ》らなきゃいけないんだ」

「あっ、そうだよね」

時計《とけい》を見《み》ると、もうすぐ五時《じ》だ。

さっきまでお昼《ひる》だったのに、なんだか、タイムワープしたような気分《きぶん》。

結局《けっきょく》、電車《でんしゃ》の中《なか》で映画《えいが》の話《はなし》をすることもなく、わたしたちは地元《じもと》の駅《えき》までおたがいだまったままだった。

改札《かいさつ》を出《で》て、バスロータリーの手前《てまえ》で、石崎《いしざき》くんが足《あし》を止《と》めた。

「ホントは辻本《つじもと》さんちのマンションまで送《おく》ってあげたいんだけど、時間《じかん》がないから、ここでいいかな？」

「……あっ、あの」

わたしはあわててバッグをさぐった。

（手作《てづく》りのクッキー、わたさなきゃ……！）

だけど、あわてればあわてるほど、ハンカチやポーチが邪魔《じゃま》して、なかなかクッキーが見《み》つからない。

石崎《いしざき》くんは、腕時計《うでどけい》をちらっと見《み》ると、

「ごめん、もう行《い》かなきゃ。今日《きょう》はありがとう。じゃあ、また学校《がっこう》でね」

手《て》をふって、行《い》ってしまった。

「……あ」

初《はじ》めてのデートは、あっさり終了《しゅうりょう》。

最後《さいご》にクッキーをわたすどころか、「ありがとう」も言《い》えなかった。

遠《とお》ざかっていく石崎《いしざき》くんの背中《せなか》を見《み》つめて、ぼんやり立《た》ちつくす。

（こんなデートで、よかったのかなあ……）


とぼとぼと家《いえ》へもどり、手《て》もあらわずに自分《じぶん》の部屋《へや》へ直行《ちょっこう》した。

ばたんとベッドにたおれこんだら、昨日一生懸命作《きのういっしょうけんめいつく》ったクッキーの袋《ふくろ》がバッグから飛《と》びだした。

さっき、あんなにさがしても見《み》つからなかったのに。

ピンク色《いろ》のリボンを見《み》ていたら、じわっと涙《なみだ》が出《で》た。

（なにやってんだろ、わたし……）

クッションを引《ひ》き寄《よ》せて、顔《かお》を押《お》しつける。

服《ふく》も、髪形《かみがた》も、手作《てづく》りのクッキーも、ぜんぶ失敗《しっぱい》した感《かん》じ。

せっかくさそってくれたドーナツショップでも食《た》べ残《のこ》しちゃうし、映画《えいが》の選択《せんたく》も失敗《しっぱい》だったし。

（……やっぱり現実《げんじつ》は、少女《しょうじょ》まんがみたいにうまくいかないんだな）

そう思《おも》ってから、がばっと起《お》き上《あ》がり、机《つくえ》の引《ひ》き出《だ》しをあける。

奥《おく》にしまっていた『反省《はんせい》ノート』を広《ひろ》げて、今日《きょう》の問題点《もんだいてん》を書《か》きだした。

・カフェでジュースを頼《たの》まないこと（こどもっぽい）
・食《た》べるものは、少《すく》なめのメニューにする（食《た》べ残《のこ》ししないように）
・映画《えいが》は前《まえ》もって時間《じかん》と内容《ないよう》を調《しら》べておくこと（急《きゅう》に決《き》めたら失敗《しっぱい》する）
・話《はな》す内容《ないよう》を決《き》めておくこと（沈黙《ちんもく》が続《つづ》かないように）

そこまで書《か》いてペンを置《お》き、書棚《しょだな》にならぶ少女《しょうじょ》まんがを数冊《すうさつ》ぬきとった。

告白《こくはく》されてつきあいだしたあとのヒロインたちは、いったいどんな風《ふう》にデートしたり、おしゃべりしたりしてるんだろう？

いくつかのシリーズを調《しら》べてみたけど、ほとんどが両想《りょうおも》いになったところで終《お》わっている。

そのほかは、恋《こい》のライバルがあらわれたり、急《きゅう》に転校《てんこう》が決《き》まってはなればなれになったりと、ふたりにピンチが訪《おとず》れるけど、結局《けっきょく》ハッピーエンドで終《お》わっている。

(あんまり参考《さんこう》にならないなあ)

あきらめて、ページをめくる手《て》を止《と》める。

(はあ〜、もしかしたらわたしの場合《ばあい》、つきあいだしたきっかけがよくなかったのかなあ)

元々《もともと》わたしは、少女《しょうじょ》まんがのヒロインたちみたいに、石崎《いしざき》くんに片思《かたおも》いしてたわけじゃない。

告白《こくはく》してもらって舞《ま》い上《あ》がってしまい、そのままつきあいだしただけだ。

石崎《いしざき》くんのことをよく知《し》らないままつきあったりなんてしたから、うまくいかないのかなあ……。

(でも、いまさらそんなこと言《い》ったってしょうがないし)

それに石崎《いしざき》くんは、とってもやさしいし、すごくカッコいい。

完璧《かんぺき》すぎて、いっしょにいたらものすごく緊張《きんちょう》してしまう。

今日《きょう》、手《て》が少《すこ》し触《ふ》れただけで、心臓《しんぞう》がつぶれそうなくらい、どきどきしてしまった。

これって好《す》きってこととどうちがうんだろう？

（あー、わからないことばっかりだよう）

だけど、いくら考《かんが》えたって、なんにも思《おも》い浮《う》かばない。

わたしは考《かんが》えるのをあきらめて、ベッドの上《うえ》の少女《しょうじょ》まんがを棚《たな》にもどし、洗濯物《せんたくもの》を取《と》りこむために部屋《へや》を出《で》た。

7 うわさ話《ばなし》

「莉緒《りお》、今日《きょう》って石崎《いしざき》くんといっしょに帰《かえ》るんでしょ」

ホームルームのあと、教科書《きょうかしょ》をかばんに入《い》れていたら、まいまいがにやにや笑《わら》ってわたしの肩《かた》をこづいた。

「ど、どうして知《し》ってるの？」

びっくりして聞《き》くと、まいまいは「委員会《いいんかい》のとき、石崎《いしざき》くんに聞《き》いたもん」と答《こた》えた。

（あ、そっか）

今日《きょう》、バスケ部《ぶ》は体育館《たいいくかん》が使《つか》えなくて早《はや》めに練習《れんしゅう》が終《お》わるらしく、いっしょに帰《かえ》ろうって、朝《あさ》、廊下《ろうか》で石崎《いしざき》くんに言《い》われた。

まいまいと石崎《いしざき》くんは同《おな》じ体育委員《たいいくいいん》だから、今日《きょう》のお昼休《ひるやす》みにあった委員会《いいんかい》で、そのことを聞《き》いたようだ。

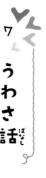

「今日《きょう》こそがんばって自分《じぶん》の思《おも》ってること、口《くち》に出《だ》してみるんだよ」

まいまいにばしんと背中《せなか》をたたかれて、背筋《せすじ》を伸《の》ばす。

「……う、うん」

この間《あいだ》のデートが大失敗《だいしっぱい》だったことは、まいまいに報告《ほうこく》した。

でも、まいまいは、そういうちょっと失敗《しっぱい》ぎみなデートのほうが、のちのちいい思《おも》い出《で》になるってどっかで聞《き》いたことあるよって、はげましてくれた。

(そういうものなのかな)

まいまいに言《い》われると、そんな気《き》がしてくるから不思議《ふしぎ》だ。

「じゃあ、わたし、部活行《ぶかつい》くね」

そう言《い》って数歩歩《すうほある》いたあと、まいまいはうしろ歩《ある》きでもどってきて、実《じつ》はねと声《こえ》をひそめた。

「今日《きょう》、わたしも小坂《こさか》と帰《かえ》るんだ」

「えー、そうなんだあ。もしかしたら、帰《かえ》り、いっしょになるかもね」

うふふと笑《わら》うと、まいまいもうふふと笑《わら》った。

「あっ、そうだ。前《まえ》に言《い》ってたじゃん、いつか四人《よにん》でダブルデートしたいねって。そろそろ具体的《ぐたいてき》に決《き》めなきゃね！」

（ダブルデート！）

わたしはうっとり胸《むね》の前《まえ》で手《て》を組《く》んだ。

まいまいもいっしょなら、わたしだっていつもみたいにおしゃべりができるかもしれない。

それに、四人《よにん》で出《で》かけるなんて、考《かんが》えただけで楽《たの》しそう！

「じゃあ、そろそろ行《い》くね。石崎《いしざき》くんとの放課後《ほうかご》デート、がんばるんだよっ」

まいまいはガッツポーズをすると、教室《きょうしつ》を出《で》ていった。

あとには、わたしひとりだけになる。

（よーし、石崎《いしざき》くんの部活《ぶかつ》が終《お》わるのを待《ま》ってる間《あいだ》に、『反省《はんせい》ノート』を見返《みかえ》しとこうっと）

かばんから取《と》りだそうと、身《み》をかがめていたら、だれかが廊下《ろうか》をしゃべりながら歩《ある》いてくる足音《あしおと》が聞《き》こえた。

「あー、やっぱ、ここにあった」

「んもー。どんくさいよ、あずみっち」

「だって、雨《あめ》あがったら、傘《かさ》の存在忘《そんざいわす》れるんだもん」

「雨降《あめふ》ってたの、おとといでしょ！」

ぎゃははと笑《わら》う声《こえ》が聞《き》こえる。

すりガラスの向《む》こうに数人《すうにん》のかげが見《み》えた。

そっと廊下側《ろうかがわ》のあいている窓《まど》からのぞきこむと、同《おな》じクラスの恒川《つねかわ》さんと足立《あだち》さん、それからバレー部《ぶ》の子《こ》が数人《すうにん》、体操服姿《たいそうふくすがた》で立《た》っていた。

さっきの話《はな》しぶりから、恒川《つねかわ》さんが置《お》き忘《わす》れた傘《かさ》をみんなで取《と》りに来《き》たみたいだ。

べつにかくれる必要《ひつよう》なんてないんだけど、ひとりで教室《きょうしつ》にいるのを見《み》られるのがいやで、思《おも》わず窓《まど》の下《した》に体《からだ》を寄《よ》せた。

「でさあ、さっきの続《つづ》きだけど、石崎《いしざき》くんもやっぱフツーのオトコだったんだねえ」

ふいに、石崎《いしざき》くんの名前《なまえ》が出《で》て、心臓《しんぞう》がどきっとする。

(『フツーのオトコ』って、どういう意味《いみ》だろ？)

ますます身《み》をちぢこまらせて、耳《みみ》をすます。

「ホント、ホント。よりによって、辻本《つじもと》さんとつきあうなんてさあ」
「がっかりだよねえ～」
その言葉《ことば》に、耳《みみ》がカッと熱《あつ》くなった。
（えっ、わたし……？）
腕《うで》にかかえこんだ膝《ひざ》へ、はげしく脈打《みゃくう》つ心臓《しんぞう》の音《おと》が、痛《いた》いくらい伝《つた》わる。
「辻本《つじもと》さんってさあ、なんかかわい子《こ》ぶってない？　自分《じぶん》のこと、カワイイって思《おも》ってるんだよ。ぜったい」
どきん
どきん
「正直《しょうじき》、あの子見《こみ》てたら、イラっとくる」
どきん
どきん
「わかる～。そういえばさ、あの子《こ》、まいまい以外《いがい》、友《とも》だちいなさそうじゃない？　小学校《しょうがっこう》のときも、よくひとりでいたって聞《き》いたことあるよ」

どきん
どきん
「なのに、男子《だんし》って見《み》た目《め》だけでいいって思《おも》っちゃうんだよ」

「そうそう。だって、今《いま》まで石崎《いしざき》くんがあの子《こ》としゃべってるとこなんて見《み》たことなかったのに」

「だよねえ」

みんなの声《こえ》が遠《とお》ざかっていく。

わたしはしばらくの間《あいだ》、その場《ば》から動《うご》けなかった。

『かわい子《こ》ぶってる』

『イラッとくる』

『友《とも》だちがいない』

さっき、バレー部《ぶ》の子《こ》たちに言《い》われた言葉《ことば》が、頭《あたま》のなかでぐるぐるまわる。

（……そんな風《ふう》に思《おも》われてたんだ）

そう思《おも》ったとたん、目《め》からぽたんと涙《なみだ》がこぼれた。

(どうしてだろう?　わたしのなにがいけなかったのかな)

くちびるをかみしめる。

小学校《しょうがっこう》のときも、そうだった。

四年生《よねんせい》の頃《ころ》、ある日《ひ》とつぜん、クラスの女子全員《じょしぜんいん》に口《くち》をきいてもらえなくなったことがあった。

自分《じぶん》がなにかしてしまったのかと必死《ひっし》で考《かんが》えたけど、なにも心《こころ》あたりがなかった。昨日《きのう》も、おとといも、その前《まえ》の日《ひ》も、いつもどおりにしていたはずなのに。

それがどうして今日《きょう》、いきなり無視《むし》されてしまうのか、ぜんぜんわからなかった。

しばらくの間《あいだ》、ずっとそんな日《ひ》が続《つづ》いたけど、わたしはそのことをだれにも相談《そうだん》しなかった。

お母《かあ》さんを心配《しんぱい》させたくなかったし、相談《そうだん》する相手《あいて》もいなかった。先生《せんせい》に言《い》えば、ますますみんなにきらわれるような気《き》がして、こわくて言《い》いだせなかった。

結局《けっきょく》、数日《すうじつ》たってから、ひとり、またひとりと普通《ふつう》に話《はな》しかけてくれる子《こ》が増《ふ》えて、いつの間《ま》にか何事《なにごと》もなかったように元《もと》の生活《せいかつ》にもどった。

それからずいぶんたって、たまたま音楽《おんがく》の授業《じゅぎょう》でとなりになった子《こ》が、教《おし》えてくれた。

前《まえ》の日《ひ》の放課後《ほうかご》、ドッジボールをしたときに、わたしが男子《だんし》の前《まえ》でかわい子《こ》ぶってたって話《はなし》になって、みんなで無視《むし》しちゃおうってことになったんだって。

わたしは運動神経《うんどうしんけい》がよくない。

だから、同《おな》じチームのみんなに迷惑《めいわく》をかけないように、ボールがきても手《て》を出《だ》さなかった。

そのことを、誤解《ごかい》されたのかもしれない。

いまさら考《かんが》えたってしかたないことだけど。

小《ちい》さいときから、いつだってそう。

わたしはみんなと仲《なか》よくなりたいって思《おも》っているのに、いつもうまくいかない。

わたしは、かわい子《こ》ぶってるつもりなんてない。

ましてや、自分《じぶん》をかわいいだなんて思《おも》ったことない。

なのに、どうしてそんな風《ふう》に思《おも》われちゃうんだろう？

(石崎《いしざき》くんだって、わたしとつきあったせいでみんなに悪口《わるくち》を言《い》われるなんて、迷惑《めいわく》だよね……。そもそも石崎《いしざき》くんは、どうしてわたしにつきあおうなんて言《い》ってくれたんだろう？)

はあっと息《いき》をはいて立《た》ち上《あ》がり、だれもいない教室《きょうしつ》を見《み》わたした。

いつもはせまく感《かん》じる教室《きょうしつ》が、今《いま》はやけに広《ひろ》く感《かん》じる。


お母《かあ》さんが、よくわたしに言《い》うこと。

学校《がっこう》なんて、たまたま同《おな》じ年《とし》の子《こ》たちが、たまたま同《おな》じ場所《ばしょ》に集《あつ》められたにすぎない。

だからいろんな性格《せいかく》の子《こ》がいてあたりまえで、そのなかで本当《ほんとう》に心《こころ》から信用《しんよう》できる友《とも》だちを見《み》つけることができるのは、奇跡《きせき》に近《ちか》いことなんだって。

無理《むり》して手近《てぢか》な子《こ》たちのなかで友《とも》だちを作《つく》ろうとしなくても、自然《しぜん》と莉緒《りお》のそばにいてくれる子《こ》があらわれる。

だから、心配《しんぱい》しなくていいって。


お母《かあ》さんの言《い》うとおり、ひとりぼっちだったわたしの前《まえ》にまいまいがあらわれた。

まいまいは、心《こころ》から信用《しんよう》できるわたしの親友《しんゆう》。

だから、まいまいがいればそれでいいと思《おも》ってる。

だけど、友《とも》だちとはいかなくても、ほかの子《こ》たちからも悪《わる》く思《おも》われずにいたい。

それってむずかしいことなのかな？

カーテンが、ふわりとゆれた。

グラウンド側《がわ》のどこかの窓《まど》があいているみたいだ。

窓辺《まどべ》に歩《ある》いていき、閉《し》めようとして手《て》を止《と》めた。

練習《れんしゅう》を終《お》えたバスケ部《ぶ》の子《こ》たちが、体育館《たいいくかん》から出《で》てきたようだ。

男子《だんし》も女子《じょし》も、わたり廊下《ろうか》に人《ひと》があふれていた。

そのなかに、まいまいの姿《すがた》を見《み》つけた。

同《おな》じ部活《ぶかつ》の子《こ》たちに囲《かこ》まれて、赤《あか》い顔《かお》でなにか言《い》いかえしている。

そのすぐそばに、小坂《こさか》くんもいた。

どうやら、ふたりで帰《かえ》るのを冷《ひ》やかされているみたいだ。

その笑顔《えがお》を見《み》て、また涙《なみだ》がぶわっとこみあげた。

まいまいは、だれからも愛《あい》されてる。

小坂《こさか》くんとのことだって、みんなから祝福《しゅくふく》されている。

いつでも明《あか》るくて、元気《げんき》いっぱいで、一番大好《ばんだいす》きな人《ひと》に思《おも》いが通《つう》じてつきあいだしたまいまい。

まいまいは、わたしのことをあこがれの女《おんな》の子《こ》だって言《い》ってくれたけど、わたしはまいまいが、うらやましいよ。

わたしは涙《なみだ》をぬぐうと、そっとカーテンを閉《し》めた。

8 すれちがい

「どうかした？」

声《こえ》をかけられて、はっと足《あし》を止《と》めた。

「さっきから、なんか元気《げんき》ないね」

石崎《いしざき》くんに言《い》われて、わたしはだまってうつむいた。

ホントは、いっしょに帰《かえ》るのはやめたほうがいいかなと思《おも》っていた。

ふたりでいるところをバレーボール部《ぶ》の子《こ》たちに見《み》られたら、またなにか言《い》われるかもしれないから。

だけど石崎《いしざき》くんは、さっき、わたり廊下《ろうか》を見下《みお》ろしているわたしの姿《すがた》を見《み》ていたようで、教室《きょうしつ》までわざわざ迎《むか》えに来《き》てくれた。

なるべくほかの子《こ》たちとかちあわないように、ゆっくり靴《くつ》をはきかえて外《そと》に出《で》ると、もうほとんどの部活《ぶかつ》の子《こ》たちは帰《かえ》っていた。

まいまいたちも、もういない。

あたりにだれもいない校門《こうもん》を、石崎《いしざき》くんとならんでくぐる。

ふたりでずっとだまって坂道《さかみち》を歩《ある》いていたけど、とうとうわたしの家《いえ》があるマンションの前《まえ》に着《つ》いてしまった。

エントランスホールの植《う》えこみの前《まえ》で立《た》ち止《ど》まる。

「……なんか、おこってる？」

石崎《いしざき》くんが、困《こま》ったような顔《かお》でわたしを見《み》つめた。

わたしはだまって首《くび》を横《よこ》にふる。

「わたしが石崎《いしざき》くんにおこることなんて、あるわけないよ。……反対《はんたい》のことなら、あるかもしれないけど」

ぽつりとそう言《い》うと、石崎《いしざき》くんは「えっ」と声《こえ》をあげた。

「それ、どういう意味《いみ》？」

わたしは石崎《いしざき》くんからの質問《しつもん》には答《こた》えずに、ずっと知《し》りたかったことを聞《き》いてみた。

「あのね、石崎《いしざき》くん、聞《き》いてもいい？」

「なに？」

いつものように、石崎《いしざき》くんは、落《お》ちついた表情《ひょうじょう》で首《くび》をかしげた。

「石崎《いしざき》くんは、どうしてわたしとつきあおうと思《おも》ったの？」

「えっ」

石崎《いしざき》くんは、目《め》をまるくしてわたしを見《み》たけど、小《ちい》さく咳払《せきばら》いをしてから、早口《はやくち》で言《い》った。

「辻本《つじもと》さんが、好《す》きだから、……だけど」

その言葉《ことば》に、カッと顔《かお》が熱《あつ》くなる。

『男子《だんし》って見《み》た目《め》だけでいいって思《おも》っちゃうんだよ』

『今《いま》まで石崎《いしざき》くんがあの子《こ》としゃべってるとこなんて見《み》たことなかったのに』

バレー部《ぶ》の子《こ》たちの声《こえ》が、頭《あたま》のなかにひびきわたる。

「……でも、石崎《いしざき》くんは、今《いま》までわたしと話《はなし》なんてしたことなかったでしょ？　なのに、どうしてわたしを好《す》きになってくれたの？　わたしのなにを知《し》ってるの？」

そう問《と》い詰《つ》めると、石崎《いしざき》くんはだまりこんでしまった。

わたしと石崎《いしざき》くんの横《よこ》を、自転車《じてんしゃ》が通《とお》りすぎる。

言《い》ってしまったあとで、はっとした。

わたし、どうしてこんなこと言《い》っちゃったんだろう？

「あ、あの……」

言《い》いたかったのは、こんな言葉《ことば》じゃない。

バレー部《ぶ》の子《こ》たちの話《はなし》を聞《き》いて、不安《ふあん》になった。

だから、石崎《いしざき》くんがわたしのどこを好《す》きになってくれたのか、聞《き》いてみたかっただけ。

じゃないと、自分《じぶん》に自信《じしん》が持《も》てないから。

なんとか自分《じぶん》の気持《きも》ちを伝《つた》えたくて、言葉《ことば》をつむごうとするけれど、頭《あたま》のなかでこんがらがって、うまく伝《つた》えられない。

ううん、その前《まえ》にさっき、いやな言《い》い方《かた》をしてしまったことを、あやまったほうがいいかな。

どうすればいいのかがわからない。

じりじりとした気持《きも》ちで、かばんの持《も》ち手《て》をぎゅっとつかむ。

「……ごめん」

石崎《いしざき》くんは、低《ひく》い声《こえ》でぼそりとつぶやくと、そのままわたしに背《せ》をむけて、足早《あしばや》に坂道《さかみち》を下《くだ》っていった。

「あ、あの……」

言葉《ことば》をかけようとしても、なにを言《い》えばいいのかわからない。

どんどん遠《とお》ざかっていく石崎《いしざき》くんのうしろすがたを、ただだまって見《み》つめた。

(ああ、もう、どうしよう!)

どうしてわたしってこうなんだろう?

思《おも》ってることをちゃんと口《くち》に出《だ》して言《い》えばいいだけなのに、それがうまくできない。

やっと話《はなし》をすることができたと思《おも》っても、いやな言《い》い方《かた》で、相手《あいて》をおこらせてしまう。

急《いそ》いで家《いえ》にもどって、まいまいに電話《でんわ》しようかと思《おも》ったけど、まいまいも今日《きょう》は小坂《こさか》くんと帰《かえ》るって言《い》っていたことを思《おも》いだした。

はあっ

大《おお》きく息《いき》をはいて、空《そら》を見上《みあ》げた。

照《て》りつける西日《にしび》がまぶしくて、額《ひたい》に汗《あせ》がにじむ。

ふいに、今日《きょう》、まいまいがわたしに言《い》ってくれた言葉《ことば》が頭《あたま》をよぎった。

『今日《きょう》こそがんばって自分《じぶん》の思《おも》ってること、口《くち》に出《だ》してみるんだよ』

まいまいに、ばしんとたたかれた背中《せなか》の痛《いた》みがよみがえる。

いったん家《いえ》にもどろうとしたけど、やっぱり回《まわ》れ右《みぎ》をして、かけだした。

そうだよ。

口《くち》に出《だ》さなきゃ、伝《つた》わらない。

いやなことを言《い》ってしまったなら、やっぱりちゃんとあやまらなきゃ。

心《こころ》のなかで思《おも》ってるだけじゃ、だめなんだ。

わたしはかばんの持《も》ち手《て》をにぎりなおして、石崎《いしざき》くんのあとを追《お》って坂道《さかみち》をかけおりた。

大通《おおどお》りまで出《で》たところで、信号《しんごう》が赤《あか》に変《か》わった。

交差点《こうさてん》で、立《た》ち止《ど》まる。

はああと息《いき》をはずませて、左右《さゆう》に目《め》を走《はし》らせた。

(石崎《いしざき》くん、どっちに行《い》ったのかな)

よく考《かんが》えたら、わたしは、石崎《いしざき》くんの家《いえ》がどこにあるのかも知《し》らない。

今《いま》まで何度《なんど》かいっしょに帰《かえ》ったことがあるのに。

そのとき、思《おも》いだした。

片思《かたおも》い時代《じだい》、まいまいは、小坂《こさか》くんのいろんなことを知《し》りたがっていた。

好《す》きな色《いろ》だとか。

好《す》きなテレビ番組《ばんぐみ》だとか。

でも、わたしはぜんぜんそうじゃなかった。

聞《き》きたいなと心《こころ》のなかで思《おも》っても、聞《き》こうとしなかった。

勇気《ゆうき》がなかったのだ。

(相手《あいて》のことを知《し》ろうとする努力《どりょく》もせずに、自分《じぶん》だけ好《す》きになってもらおうとするなんて、ずうずうしいよね)

きゅっとくちびるをかみしめる。

たしか、映画《えいが》を観《み》に行《い》ったとき、石崎《いしざき》くんは駅《えき》の近《ちか》くに住《す》んでるって言《い》っていた。

(それなら、こっちだ)

わたしは駅前通《えきまえどお》りに続《つづ》く道《みち》へむかって、かけだした。

9 ゆれる気持《きも》ち

はあはあはあ
息《いき》が苦《くる》しくて、あごがあがる。
ずっと走《はし》っていたら、横腹《よこばら》が痛《いた》くなってきた。
普段《ふだん》ぜんぜん運動《うんどう》なんてしないし、ちょっと走《はし》っただけで息《いき》があがってしまう。
肩《かた》にかけたかばんがずっしり重《おも》く感《かん》じて、足《あし》がもつれそうになる。
(石崎《いしざき》くん、どっちに行《い》ったかなあ)
あとふたつ、信号《しんごう》をわたると、駅前通《えきまえどお》りだ。
駅《えき》まで行《い》ってしまったら、もう石崎《いしざき》くんを見《み》つけることはできないかもしれない。
(早《はや》く見《み》つけなきゃ)
あせる気持《きも》ちで左右《さゆう》を見《み》ると、路地《ろじ》を入《はい》った少《すこ》し先《さき》にあるコンビニの前《まえ》に石崎《いしざき》くんの姿《すがた》が見《み》えた。

「あっ……！」

声《こえ》をかけようとして、息《いき》が止《と》まる。

石崎《いしざき》くんのとなりに、私服姿《しふくすがた》の女《おんな》の子《こ》がいる。

ポニーテールで、すらりと背《せ》が高《たか》い。

同《おな》じクラスの鳴尾《なるお》さんだ。

わたしが立《た》っている場所《ばしょ》から少《すこ》しはなれているから、なにを話《はな》しているのかはわからないけど、ふたりとも、とても楽《たの》しそうに笑《わら》っている。

（鳴尾《なるお》さん……？　どうして？）

鳴尾若葉《なるおわかば》さんは、女子《じょし》バレーボール部《ぶ》だ。

つつじ台小学校出身《だいしょうがっこうしゅっしん》だから、まいまいとも仲《なか》がよくて、まいまいは鳴尾《なるお》さんのことを、『なるたん』なんて呼《よ》んでいる。

クラスの女子《じょし》のなかでは、たぶん一番背《ばんせ》が高《たか》くて、『クールビューティー』って言葉《ことば》がぴったりな、きれいな顔《かお》だちの女《おんな》の子《こ》だ。

同《おな》じバレー部《ぶ》の恒川《つねかわ》さんや足立《あだち》さんとはちょっと雰囲気《ふんいき》がちがって、さばさばしたボーイッシュな感《かん》じ。

そのせいか、男子《だんし》たちともよく話《はなし》をしている。

鳴尾《なるお》さんと石崎《いしざき》くんは、小学校《しょうがっこう》もちがうはずだし、部活《ぶかつ》もちがう。

委員《いいん》もちがうのに、どうしてこんなところにふたりでいるんだろう？

それに、なにを話《はな》しているの？

そう思《おも》って見《み》ていたら、鳴尾《なるお》さんが手《て》にコンビニの袋《ふくろ》を持《も》っているのに気《き》がついた。

（あ、もしかして、偶然会《ぐうぜんあ》っただけかな）

ちょっとだけ、ホッとした。

（……でも、石崎《いしざき》くん、わたしといるときよりもずっと楽《たの》しそうだな）

ついそんなことを思《おも》って、ぶるんと頭《あたま》をふる。

ひがんじゃってみっともない。

そんなの、ただの気《き》のせいだ。

そう思《おも》おうとしたけど、ふたりの姿《すがた》から目《め》がはなせない。

背《せ》が高《たか》くて美形《びけい》の鳴尾《なるお》さんと石崎《いしざき》くんがふたりでならんでいたら、とても絵《え》になる。

まるで高校生《こうこうせい》のカップルみたい。

そう思《おも》ったら、胸《むね》がずきんと痛《いた》んだ。

どうしようかと立《た》ちつくしていたら、鳴尾《なるお》さんがふいにこちらをふりかえった。

「あっ」

ばちんと目《め》が合《あ》う。

だけど鳴尾《なるお》さんは、まるでわたしのことなんて見《み》なかったような顔《かお》をして、また石崎《いしざき》くんになにか話《はな》しかけはじめた。

わたしのことを石崎《いしざき》くんに言《い》ったのかと思《おも》ったけど、そうではなかったようだ。

ふたりはわたしに背《せ》をむけ、どんどん歩《ある》いていく。

（……えっ、今《いま》、目《め》が合《あ》ったよね？）

鳴尾《なるお》さん、わたしに気《き》がつかなかったのかな。

気《き》がついても、石崎《いしざき》くんには言《い》わなかったんだろうか。

でも、わたしと石崎《いしざき》くんがつきあってること、知《し》ってるはずなのに。

遠《とお》ざかるふたりのうしろすがたを見《み》て、じりじりした気持《きも》ちになる。

追《お》いかけて、石崎《いしざき》くんにさっきのこと、あやまる？

ううん、鳴尾《なるお》さんがいるのに、そんなこと、言《い》えない。

でも、なんとかしなきゃ、石崎《いしざき》くんとは気《き》まずいままだ。

どうしよう。

どうしたらいい？

頭《あたま》のなかで、いろんな思《おも》いがぐるぐるかけめぐる。

そのとき、パパッとクラクションが鳴《な》る音《おと》がして、はっと車道側《しゃどうがわ》を見《み》た。

左折《させつ》しようとしている赤《あか》い車《くるま》が、車道《しゃどう》ぎりぎりに立《た》っていたわたしのすぐそばまで迫《せま》っている。

「おい、じゃまだ！」

運転席《うんてんせき》から身《み》を乗《の》りだしたおじさんが、わたしを怒鳴《どな》りつけた。

「す、すみません」

あわててその場《ば》から飛《と》びのくと、おじさんはわたしをにらみつけながらものすごいスピードで左折《させつ》していった。

はっと気《き》がついて、さっきまで石崎《いしざき》くんたちがいた場所《ばしょ》を見《み》たけど、もうそこに、ふたりの姿《すがた》はなかった。


（あ〜あ、結局話《けっきょくはな》しかけられなかったな……）

とぼとぼと元来《もとき》た道《みち》をもどっていく。

石崎《いしざき》くん、あのまま鳴尾《なるお》さんといっしょに家《いえ》に帰《かえ》ったのかな。

でも、鳴尾《なるお》さんちはまいまいの家《いえ》がある学区《がっく》のはずなのに、どうして同《おな》じ方向《ほうこう》にむかって歩《ある》いていったんだろう？

やっぱり、家《いえ》に帰《かえ》ってから石崎《いしざき》くんに電話《でんわ》したほうがいいかなあ。

でも、電話《でんわ》に出《で》てくれなかったらどうしよう。

考《かんが》えれば考《かんが》えるほど、自分《じぶん》がどうすればいいのかわからなくなる。

信号《しんごう》が赤《あか》になり、立《た》ち止《ど》まった。

(石崎《いしざき》くん、もしもわたしなんかより、鳴尾《なるお》さんのほうがいいって思《おも》ってたらどうしよう)

そう思《おも》って、はっとした。

……わたし、いつの間《ま》にか、石崎《いしざき》くんのこと、ひとりじめしたいって思《おも》ってる!

最初《さいしょ》は、つきあおうって言《い》われたから、つきあいだした。

そのときはまだ、石崎《いしざき》くんのことが好《す》きってわけではなかったはずなのに、いつの間《ま》にか、わたしの頭《あたま》のなかは、石崎《いしざき》くんのことでいっぱいになっている。

手《て》の甲《こう》にあるふたつならんだほくろ。

深爪《ふかづめ》ぎみな、四角《しかく》い爪《つめ》。

意外《いがい》と長《なが》いまつ毛《げ》。

いつもとなりで歩《ある》くたび、新《あたら》しい発見《はっけん》をするのがうれしかった。

わたししか知《し》らない、石崎《いしざき》くんの秘密《ひみつ》を見《み》つけたようで。

石崎《いしざき》くんのちょっとしたしぐさや表情《ひょうじょう》に、ときめいたり、落《お》ちこんだり。

それが、だれかを好《す》きになることだって気《き》づかないままでいた。

(……わたし、知《し》らない間《あいだ》に石崎《いしざき》くんのこと、好《す》きになってたんだな)

はあ〜っと大《おお》きく息《いき》をはいて、なにげなく大通《おおどお》りの向《む》こうにある公園《こうえん》を見《み》た。

つつじの植《う》えこみの向《む》こうに、見慣《みな》れた体操服《たいそうふく》のうしろすがたが見《み》えた。

（あっ、まいまいと小坂《こさか》くんだ）

ふたりは、公園《こうえん》のベンチにならんでおしゃべりをしている。

こっちに背《せ》をむけているから、わたしには気《き》がついていないようだ。

まいまいが身《み》ぶり手《て》ぶりでなにか話《はな》したあと、小坂《こさか》くんがまいまいの頭《あたま》をこづいている。

それから、ふたりで手《て》をたたいて大爆笑《だいばくしょう》していた。

（いいなあ、あんなふうに仲《なか》よくできて）

わたしが立《た》っている歩道《ほどう》と、まいまいたちのいる公園《こうえん》の間《あいだ》を、車《くるま》やトラック、自転車《じてんしゃ》がせわしなく行《い》きかう。

（……わたし、なにしてるんだろう）

そう思《おも》ったら、じわっと涙《なみだ》がこみあげてきた。

ひとりで空回《からまわ》りして、ばかみたい。

大《おお》きく息《いき》をすいこんで、空《そら》を見上《みあ》げた。

さっきまでのじりじりとした太陽《たいよう》の日差《ひざ》しは和《やわ》らいで、やわらかな光《ひかり》をおびた夕焼《ゆうや》け雲《ぐも》が広《ひろ》がっている。

そこを、スズメだろうか、鳥《とり》の一群《いちぐん》が横切《よこぎ》った。

もういいかげん、だれかをうらやましがるのは、やめよう。

まいまいが、小坂《こさか》くんと楽《たの》しい時間《じかん》をすごせているのは、今《いま》までまいまいがちゃんと小《こ》坂《さか》くんとむきあったからだ。

そのことは、わたしが一番《ばん》よく知《し》っている。

わたしはいつだって、人《ひと》からなにかしてもらうことばかり考《かんが》えて、自《じ》分《ぶん》からはなにもしようとしてこなかった。

足《あし》もとに目《め》を落《お》とす。

いつの間《ま》にか、スニーカーのひもがほどけていた。

石崎《いしざき》くんのあとを追《お》うのに夢中《むちゅう》で、そんなことにも気《き》がついていなかった。

歩道《ほどう》のはしにより、かがみこんでひもをむすびなおす。

わたしは石崎《いしざき》くんが好《す》き。

だったらその気持《きも》ちをきちんと言葉《ことば》にして伝《つた》えなきゃ、伝《つた》わるわけがない。

ぎゅっと力《ちから》を入《い》れて、ひもをきつくしめた。

信号《しんごう》が、青《あお》になる。

わたしは横断歩道《おうだんほどう》をかけぬけて、マンションへと続《つづ》く坂道《さかみち》をかけあがった。

10 遠《とお》ざかる背中《せなか》

翌朝《よくあさ》、わたしは学校《がっこう》に着《つ》いてすぐ、石崎《いしざき》くんの靴箱《くつばこ》におりたたんだ手紙《てがみ》を入《い》れておいた。

『今日《きょう》の放課後《ほうかご》、部活《ぶかつ》のあとにわたり廊下《ろうか》で待《ま》ってるね　莉緒《りお》』

昨日《きのう》は結局《けっきょく》タイミングが悪《わる》くてあやまれなかったけど、今日《きょう》はきちんとあやまろう。

そして、わたしも石崎《いしざき》くんが好《す》きですって、自分《じぶん》の気持《きも》ちを伝《つた》えるんだ。

これが昨日《きのう》の晩《ばん》、一生懸命《いっしょうけんめい》考《かんが》えて出《だ》した自分《じぶん》なりの結論《けつろん》だ。

（石崎《いしざき》くん、まだかな）

わたしはどきどきしながら、わたり廊下《ろうか》のはしっこから部室《ぶしつ》がある方角《ほうがく》をのぞき見《み》た。

練習後《れんしゅうご》のミーティングなのか、部室前《ぶしつまえ》には、男子《だんし》と女子《じょし》両方《りょうほう》のバスケ部員《ぶいん》が集《あつ》まっている。

「シタッ！」

いっせいに礼《れい》をしたあと、解散《かいさん》した。

（い、いよいよだっ）

ごくんとつばをのみこむ。

お昼休《ひるやす》み、石崎《いしざき》くんの靴箱《くつばこ》をチェックしたら、わたしの入《い》れた手紙《てがみ》はなくなっていた。

ホームルームのあと、石崎《いしざき》くんは教室《きょうしつ》を出《で》る前《まえ》にわたしのほうをちらっと見《み》てくれたから、ちゃんと、手紙《てがみ》に気《き》づいてくれたようだ。

（よーし。今日《きょう》こそ、ちゃんと自分《じぶん》の気持《きも》ち、伝《つた》えるぞっ！）

ぐっと両手《りょうて》をにぎりしめてうんとひとりでうなずいていたら、いきなりだれかに背中《せなか》をたたかれた。

「はっ！」

石崎《いしざき》くんかと思《おも》ってふりかえったら、肩《かた》にタオルをかけたまいまいが、きょとんとして立《た》っていた。

「どしたの、莉緒《りお》、こんなとこで。まだ帰《かえ》ってなかったの？」

まいまいのうしろには、ほかのバスケ部《ぶ》の子《こ》たちもいる。

「あっ、もしかして、今日《きょう》も石崎《いしざき》くんと帰《かえ》るわけ？　らぶらぶじゃあん」

いひひと笑《わら》うまいまいを見《み》て、わたしはあたりを見回《みまわ》してから、その腕《うで》をつかんだ。

「今《いま》、ちょっといい？」

返事《へんじ》を聞《き》く間《ま》もなく、校舎《こうしゃ》へ続《つづ》く屋根《やね》の下《した》にまいまいをひっぱって行《い》く。

「ちょ、ちょっと、莉緒《りお》ってば、どうしたのよ」


「実《じつ》はね」

わたしは昨日《きのう》、石崎《いしざき》くんにいやなことを言《い》ってしまったとまいまいに説明《せつめい》した。

「えー、莉緒《りお》ったら、どうしてそんなこと言《い》ったわけ？」

まいまいに聞《き》かれて、一瞬《いっしゅん》、口《くち》ごもる。

バレー部《ぶ》の子《こ》たちの話《はなし》もしようかと思《おも》ったけど、なんだか告《つ》げ口《ぐち》をするみたいな気《き》がして、やっぱりそれは言《い》わないことにした。

「……自分《じぶん》に自信《じしん》がなくて、つい」

そう答《こた》えると、まいまいはわたしの顔《かお》をのぞきこんだ。

「それで？　石崎《いしざき》くんに、なんて言《い》おうと思《おも》ってるわけ？」

わたしはかばんから『反省《はんせい》ノート』を取《と》りだして、これから石崎《いしざき》くんに伝《つた》えようとしていることを読《よ》みあげた。

『昨日《きのう》は、変《へん》なこと言《い》ってごめんね』とまず、あやまる。

↓

『自分《じぶん》に自信《じしん》がなくて、あんなことを言《い》ってしまいました。石崎《いしざき》くんのことをよく知《し》らないまま、あこがれだけでオーケーしてしまったから、自分《じぶん》の気持《きも》ちにも自信《じしん》がありませんでした』と、つきあい始《はじ》めたころの気持《きも》ちを正直《しょうじき》に説明《せつめい》する。

↓

『でも、いっしょに帰《かえ》ったり、映画《えいが》を観《み》に行《い》ったりするうちに、わたしも石崎《いしざき》くんのことを好《す》きになりました』と、今《いま》の気持《きも》ちを伝《つた》える。

「……どうかな？」

ずっと目《め》をつむって聞《き》いていたまいまいは、最後《さいご》にニカッと笑《わら》って見《み》せた。

「いいじゃ〜ん！」

そう言《い》って、わたしの肩《かた》をこづく。

「莉緒《りお》、えらいじゃん。やっと自分《じぶん》の気持《きも》ち、言葉《ことば》にできるようになったんだね」

その言葉《ことば》に、顔《かお》が熱《あつ》くなる。

「……うん。遅《おそ》すぎるかもしれないけど」

消《き》え入《い》るような声《こえ》で言《い》うと、まいまいはそんなことないよと笑《わら》った。

「思《おも》いを伝《つた》えるのに早《はや》いも遅《おそ》いもないよ。伝《つた》えなきゃって思《おも》ったときがそのタイミングなんだって」

まいまいは、今度《こんど》はわたしの頭《あたま》を乱暴《らんぼう》になでると、最後《さいご》にがしっと両肩《りょうかた》をつかんだ。

「じゃあね、莉緒《りお》。しっかりがんばるんだよ。今日《きょう》、男《だん》バスの一年《ねん》がボール当番《とうばん》なんだ。さっきボール片付《かたづ》けてたから、石崎《いしざき》くん、もうすぐ来《く》ると思《おも》うし。またどうだったか、結果報告《けっかほうこく》してね」

そう言《い》うと、ばいばーいと元気《げんき》よく手《て》をふって、校門《こうもん》へむかって走《はし》っていった。

そのうしろすがたに、「ありがとう〜！」と手《て》をふる。

そうだよね。今日《きょう》は金曜日《きんようび》。

ちゃんと仲《なか》なおりしとかないと、週末中《しゅうまつじゅう》、ずっと、もやもやしたままになってしまう。

まいまいにはげましてもらえたおかげで、ずいぶん気《き》が楽《らく》になったし、これなら、ちゃんと自分《じぶん》の気持《きも》ちを伝《つた》えられそうな気《き》がする。

（よ〜し！）

ふりかえると、体育館《たいいくかん》にはもうだれもいなかった。

カギの束《たば》を持《も》った用務員《ようむいん》のおじさんが、体育館《たいいくかん》の戸締《とじま》りへとむかって行《い》った。

ほかの部活《ぶかつ》の子《こ》たちも、後片付《あとかたづ》けが終《お》わったようで、みんな校門《こうもん》にむかって歩《ある》きだしている。

（もうそろそろかなあ……）

そう思《おも》っていたら、男子《だんし》バスケ部《ぶ》の部室《ぶしつ》から、石崎《いしざき》くんが数人《すうにん》の男子《だんし》たちと出《で》てくるのが見《み》えた。

はっとして身《み》をかたくする。

石崎《いしざき》くんはすぐにわたり廊下《ろうか》にいるわたしに気《き》がついたようで、目《め》が合《あ》ったけど、ぱっとそらされた。

（……えっ？）

どきんと胸《むね》が鳴《な》る。

部室《ぶしつ》からは、このわたり廊下《ろうか》を通《とお》らないと校門《こうもん》へは行《い》けない。

石崎《いしざき》くんを含《ふく》めた男子《だんし》バスケ部《ぶ》の一年生《ねんせい》数人《すうにん》が、かたまってこちらにむかって歩《ある》いてくる。

だけど、石崎《いしざき》くんは一度《ど》もわたしのほうへ顔《かお》をむけないまま、みんなといっしょにわたしの前《まえ》を通《とお》りすぎていった。

小坂《こさか》くんだけが、ちらちらとわたしをふりかえる。

（……どうして？）

わたしはぼうぜんとして、石崎《いしざき》くんのうしろすがたを見《み》た。

だけど、すぐに思《おも》いなおす。

もしかして、みんなといっしょだからはずかしかったのかな。

それなら、あとから、もどってきてくれるのかも。

そう思《おも》ってしばらく待《ま》っていたけれど、いつまでたっても石崎《いしざき》くんはもどってこなかった。

頭上《ずじょう》のスピーカーから、下校《げこう》のメロディが流《なが》れはじめた。

『完全下校《かんぜんげこう》の時間《じかん》です。まだ、校内《こうない》に残《のこ》っている人《ひと》は、すべての活動《かつどう》を終《お》え、すぐに下校《げこう》してください』

放送部《ほうそうぶ》のアナウンスが入《はい》る。

わたしの足《あし》もとには、長《なが》いかげが伸《の》びている。

(……石崎《いしざき》くん、やっぱり昨日《きのう》のこと、おこってるのかな)

ぎゅっとスカートをにぎりしめて、くれなずむ空《そら》を見上《みあ》げる。

(わたしのこと、きらいになっちゃったのかな……)

見上《みあ》げた空《そら》がにじんでいく。

わたしは涙《なみだ》がこぼれないように、いつまでも空《そら》を見上《みあ》げていた。

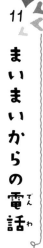

11 まいまいからの電話《でんわ》

「ただいま……」

カギをあけて家《いえ》に入《はい》る。

うす暗《ぐら》い玄関《げんかん》の壁《かべ》に手《て》をそわせ、スイッチを入《い》れると、ぱっと灯《あか》りがついた。

だれもいない家《いえ》に帰《かえ》るのは、小学生《しょうがくせい》のときからなれっこだ。

「ただいま」なんて言《い》ったって、だれも返事《へんじ》をしてくれないことはわかっているけど、わたしは帰《かえ》ったらいつもリビングにむかって声《こえ》をかける。

「ただいま」って。

靴《くつ》を脱《ぬ》いでリビングへむかい、電気《でんき》をつける。

ソファにかばんをほうりなげ、そのままベランダに直行《ちょっこう》し、洗濯物《せんたくもの》を取《と》り入《い》れたあと、カーテンを閉《し》めた。

ホントはこのあと、スーパーへ晩《ばん》ごはんの買《か》い物《もの》に行《い》かなきゃいけないんだけど、今日《きょう》はもうそんな元気《げんき》がでない。

どうせ、お母《かあ》さんは今日《きょう》も残業《ざんぎょう》で、晩《ばん》ごはんはわたしひとりだけ。

明日《あした》の朝食用《ちょうしょくよう》のパンがないけど、それももうどうだってよかった。

かばんからお弁当箱《べんとうばこ》だけ出《だ》して、キッチンカウンターにのせたあと、ふらふらと自分《じぶん》の部屋《へや》へとむかう。

電気《でんき》もつけないまま、ベッドにどさっとたおれこんだ。

(あ～あ、せっかくがんばってみたのになあ)

お母《かあ》さんは、仕事《しごと》で手《て》いっぱい。

わたしを好《す》きだと言《い》ってくれた石崎《いしざき》くんもはなれていった。

唯一《ゆいいつ》、わたしを友《とも》だちだと言《い》ってくれるまいまいも、部活《ぶかつ》や塾《じゅく》で忙《いそが》しい。

(なんかわたし、世界中《せかいじゅう》でひとりぼっちみたいな気《き》がしてきた)

そんなわけないのに、ホントにそんな気《き》がしてきて、勝手《かって》に涙《なみだ》がこみあげてきた。

そのとき、ドアの向《む》こうで、電話《でんわ》の音《おと》が鳴《な》りひびいた。

こんな時間《じかん》にかかってくるのは、どうせ塾《じゅく》か家庭教師《かていきょうし》のセールスだろう。

そう思《おも》ってしばらくほうっておいたけど、なかなか鳴《な》りやまない。

「あー、もうっ！」

いきおいをつけて起《お》きあがると、リビングに置《お》いてある電話《でんわ》の前《まえ》に立《た》った。

受話器《じゅわき》をとって耳《みみ》にあてると、まいまいの声《こえ》が飛《と》びこんできた。

「莉緒《りお》？　今日《きょう》、どうだった？」

「まいまい……！」

わたしは、受話器《じゅわき》をにぎりなおした。

（まいまいが、心配《しんぱい》するから、泣《な》いちゃダメ）

自分《じぶん》に呪文《じゅもん》をかけるように、心《こころ》のなかでつぶやく。

ひとつ息《いき》をはいてから、わざと明《あか》るい声《こえ》で答《こた》えた。

「それがね、残念《ざんねん》ながら、石崎《いしざき》くんに、約束《やくそく》をすっぽかされちゃったんだ」

「えっ、ウソ」

受話器《じゅわき》の向《む》こうから、まいまいのおどろいたような声《こえ》が聞《き》こえる。

「ウソじゃないよ。……わたし、きらわれちゃったのかなあ」

言葉《ことば》にすると、泣《な》いてしまいそう。

だけど、受話器《じゅわき》をにぎる手《て》に力《ちから》をこめて、泣《な》かないようにがまんした。

「えーっ、そんなこと、ないよ、ぜったい！」

「だって、わたしがいるの、わかってたのに、そのまま帰《かえ》っちゃったんだよ？」

「うーん……、それはそうだけどさあ」

まいまいはしばらくだまりこんでから、「そうだ」とつぶやいた。

「あのさ、とつぜんなんだけど、明後日《あさって》、ひま？」

「えっ？　明後日《あさって》？」

そう言《い》いながら、目《め》の前《まえ》にあるカレンダーに目《め》を走《はし》らせる。

明後日《あさって》は、日曜日《にちようび》。

当然《とうぜん》、なんの用事《ようじ》もない。

「実《じつ》はさ、その日《ひ》、急《きゅう》に先生《せんせい》たちの緊急研修会《きんきゅうけんしゅうかい》とかいうやつが行《おこな》われることになったらしくて、うちの中学《ちゅうがく》、ぜんぶの部活《ぶかつ》がオフになったんだ。で、莉緒《りお》の話聞《はなしき》いてたら、なんか大変《たいへん》なことになってそうだし、どこかで会《あ》ってゆっくり話《はなし》できないかなあと思《おも》って」

「ウソ、いいの？」

わたしが聞《き》きかえすと、受話器《じゅわき》の向《む》こうからまいまいがクスッと笑《わら》う声《こえ》が聞《き》こえた。

「うん。最近《さいきん》、バタバタして忙《いそが》しかったから、莉緒《りお》の話《はなし》、ちゃんと聞《き》けてなかったしね」

「空《あ》いてるよ！　がら空《あ》き！　わたしもまいまいと会《あ》って、いろいろ話《はなし》がしたい！」

受話器《じゅわき》にむかってかみつくようないきおいで言《い》ってから、我《われ》にかえった。

「……あ、でもまいまい、せっかくのオフなのに小坂《こさか》くんと出《で》かけなくていいの？」

心配《しんぱい》になってそう聞《き》くと、まいまいは、あははと笑《わら》い飛《と》ばした。

「それは大丈夫《だいじょうぶ》だから、気《き》にしなくていいよ。じゃあ、明後日《あさって》、駅前《えきまえ》のロータリーに十時《じゅうじ》でいい？　あ、お昼《ひる》ごはんは外《そと》で食《た》べるから、いつもよりちょっとだけおこづかい多《おお》めに持《も》ってきといて」

「えっ、駅前《えきまえ》？　どこか遠《とお》くに行《い》くの？」

わたしはびっくりして聞《き》きかえした。

ふたりで話《はなし》をするだけなら、どちらかの家《いえ》か、自転車《じてんしゃ》で近所《きんじょ》の公園《こうえん》にでも行《い》くのかと思《おも》っていたのに。

「えへへ、まあ楽《たの》しみにしといて。莉緒《りお》の元気《げんき》が出《で》る企画《きかく》、考《かんが》えとくから！」

そう言《い》うと、まいまいは、ばいばーいと元気《げんき》よく言《い》って、電話《でんわ》を切《き》ってしまった。

受話器《じゅわき》を持《も》ったまま、首《くび》をかしげる。

（わたしの元気《げんき》が出《で》る企画《きかく》ってなんだろ？ふたりで話《はなし》をするんじゃないの？）

ともかく、まいまいにゆっくり話《はなし》を聞《き》いてもらえたら、今《いま》の最悪《さいあく》な状態《じょうたい》から脱出《だっしゅつ》できるアイディアが浮《う》かぶかも。

そう思《おも》ったら急《きゅう》に元気《げんき》が出《で》た。

受話器《じゅわき》をもとにもどすと、とたんにおなかがぐうと鳴《な》る。

（よーし、晩《ばん》ごはんの買《か》い物《もの》に行《い》こうっと）

わたしは、イスの背《せ》にぶらさげたエコバッグを持《も》ち、玄関《げんかん》へむかった。

12 不意《ふい》打《う》ちの再会《さいかい》

日曜日《にちようび》、待《ま》ち合《あ》わせの駅前《えきまえ》ロータリーに着《つ》くと、まいまいはもう待《ま》っていた。噴水《ふんすい》のそばのベンチから立《た》ち上《あ》がる。

「莉緒《りお》ー、こっちこっち！」

にこにこ笑《わら》うまいまいのそばへかけよると、まいまいはわたしを上《うえ》から下《した》まで品定《しなさだ》めするようにじろじろと見《み》た。

「莉緒《りお》。今日《きょう》、ちょっとおしゃれしすぎじゃない？」

「えっ、そうかな」

わたしは自分《じぶん》の着《き》ている服《ふく》を見下《みお》ろした。

ミントグリーンのブラウスに、ギンガムチェックのキュロット。いつもと変《か》わらない服《ふく》装《そう》だと思《おも》うんだけど……。

「……うーん。まっ、いいか。さあ、行《い》くよ」

意味深《いみしん》に言《い》うと、まいまいはわたしの手首《てくび》をがしっとつかんで切符売《きっぷう》り場《ば》まで早足《はやあし》で歩《ある》いていく。

「ねえ、どこ行《い》くの？」

わたしが聞《き》いても、

「いいから、いいから」

そう言《い》って、行《い》き先《さき》を教《おし》えてくれない。

「とりあえず、三百六十円分《さんびゃくろくじゅうえんぶん》の切符《きっぷ》買《か》うよ」

さっさと自分《じぶん》のリュックからおさいふを取《と》りだして、券売機《けんばいき》に小銭《こぜに》を入《い》れはじめた。

(三百六十円《さんびゃくろくじゅうえん》？)

ショッピングモールでおしゃべりするなら、二百円《にひゃくえん》で行《い》けるはず。それよりずっと遠《とお》いところに行《い》くつもりだろうか？

券売機《けんばいき》の上《うえ》にある路線図《ろせんず》で確認《かくにん》しようと顔《かお》をあげたら、またまいまいに手首《てくび》をひっぱられた。

「ほら、細《こま》かいことは気《き》にしなくていいから、さっさとお金《かね》を出《だ》す！」

急《せ》かすようにそう言《い》うと、まいまいはわたしが差《さ》しだしたお金《かね》を券売機《けんばいき》にいれ、ボタンを押《お》した。

（いったい、どうなっちゃってるの？）

わけがわからないまま、切符《きっぷ》をにぎりしめて、まいまいのあとを追《お》いかける。

まいまいは、迷《まよ》いのない足取《あしど》りでホームへ降《お》りて、ちょうどやってきた特急列車《とっきゅうれっしゃ》のドアの前《まえ》に立《た》った。

「莉緒《りお》ってば、急《いそ》いで。これに乗《の》るんだよ」

まいまいに引《ひ》きずられるようにして、電車《でんしゃ》に乗《の》りこむ。

ひさびさに晴《は》れた日曜日《にちようび》のせいか、電車《でんしゃ》のなかにはたくさんの乗客《じょうきゃく》がいた。座《すわ》る席《せき》も見《み》つけられず、体《からだ》をちぢこまらせてなんとかふたりならんでつり革《かわ》につかまる。

「ねえ、ホントにどこまで行《い》くの？」

ささやき声《ごえ》で聞《き》いてみたけど、まいまいはシッと指《ゆび》を口《くち》にあてた。

「お客《きゃく》さま、おしずかに願《ねが》います」

そう言《い》ったきり、すました顔《かお》で電車《でんしゃ》にゆられている。

(んもう、まいまいったら)

わたしはもうそれ以上聞《いじょうき》くのはあきらめて、窓《まど》の外《そと》に目《め》をやった。

景色《けしき》が、飛《と》ぶように流《なが》れていく。

しばらくゆられていたら、電車《でんしゃ》は、鉄橋《てっきょう》をわたりはじめた。

昨日《きのう》のお昼《ひる》までに結構《けっこう》まとまった雨《あめ》が降《ふ》ったせいか、川《かわ》の水位《すいい》が高《たか》くなっている。

たっぷりと流《なが》れていく川面《かわも》に太陽《たいよう》の日差《ひざ》しが反射《はんしゃ》して、きらきらと光《ひかり》をまき散《ち》らしていた。

(きれいだなあ)

この川《かわ》をわたるってことは、結構本格的《けっこうほんかくてき》な遠出《とおで》みたいだ。

だんだん、わくわくしてきた。

そう思《おも》っていたら、

「さっ、ここで降《お》りるよ」

まいまいに言《い》われて駅《えき》に降《お》り立《た》ち、はっと気《き》がつく。

「……ここって、菖蒲丘遊園地《しょうぶおかゆうえんち》？」

「ピンポーン！」

まいまいが、にやっと笑《わら》う。

「うわあ、すっごいひさしぶりに来《き》た！」

「でしょ〜？」

改札《かいさつ》をぬけて、ふたりで手《て》をつないでかけだした。

小《ちい》さかった頃《ころ》、一度《ど》だけお母《かあ》さんと来《き》たことがある。

わたしたちが住《す》む町《まち》から一番近《ばんちか》くにある遊園地《ゆうえんち》だ。

いわゆるテーマパークとはちがって、絶叫《ぜっきょう》マシーンもないし、有名《ゆうめい》なアトラクションもない、昔《むかし》ながらのなつかしい感《かん》じがする遊園地《ゆうえんち》。

駅《えき》の真《ま》ん前《まえ》にある大通《おおどお》りをぬけると、もうそこに入場《にゅうじょう》ゲートがある。

日曜日《にちようび》だというのに、入場券売《にゅうじょうけんう》り場《ば》の前《まえ》には行列《ぎょうれつ》もなく、小《ちい》さなこどもがいる家族連《かぞくづ》れが、数組《すうくみ》いるくらいだ。

「ママがさ、知り合《し》い《あ》からタダ券《けん》もらったんだよね。それで、たまにはこういうのもいいかなあって」

まいまいが、そう言《い》ってぺろっと舌《した》を出《だ》した。

「そうだったんだあ。どこに連《つ》れて行《い》かれちゃうんだろうって、びっくりしちゃったよ〜」

わたしも思《おも》わず笑《わら》ってしまう。

まいまいったら、わたしが落《お》ちこんでたから、元気《げんき》づけようとしてくれたんだな。

やっぱり、まいまいはわたしの大親友《だいしんゆう》だ。

ほっとしたのもつかの間《ま》、手《て》をつないだまま、まいまいがとつぜん走《はし》りだした。

引《ひ》きずられるようにして、わたしも走《はし》りだす。

「えーっ、どうしたの、まいまい！」

入場《にゅうじょう》ゲートの前《まえ》まで来《き》て、まいまいが急《きゅう》に足《あし》を止《と》めた。

その場《ば》でつんのめりそうになって、あわててわたしも足《あし》を止《と》める。

「そんなに急《いそ》がなくても……」

そこまで言《い》いかけて、口《くち》をつぐんだ。

なんとそこに立《た》っていたのは、私服姿《しふくすがた》の小坂《こさか》くん。

……それから、石崎《いしざき》くん!?


「ちーっす」

そう言《い》ってにかっと笑《わら》う小坂《こさか》くんのとなりで、石崎《いしざき》くんがひかえめに手《て》をあげた。

「ど、どういうこと?」

ふりかえって、まいまいを問《と》いつめる。

すると、まいまいはけろっとした顔《かお》で答《こた》えた。

「どうもこうもないよ。前《まえ》に約束《やくそく》したでしょ。四人《よにん》でダブルデートしようねって」

「た、たしかに言《い》ったけど……!」

それがまさか今日《きょう》なんて!

ぜんぜん心《こころ》の準備《じゅんび》ができてないのに〜っ!

(ううん、それだけじゃないよっ)

わたしはちらりと横目《よこめ》で石崎《いしざき》くんを見《み》た。

にこにこ楽《たの》しそうに笑《わら》っている小坂《こさか》くんとちがって、石崎《いしざき》くんはさっきからずっと無表《むひょう》情《じょう》のままだ。

あの様子《ようす》からして、石崎《いしざき》くんもぜったいにわたしと同《おな》じで小坂《こさか》くんに無理《むり》やり連《つ》れてこられたにちがいない。

この間《あいだ》、気《き》まずいまま別《わか》れてから一度《ど》もしゃべっていないし、手紙《てがみ》で呼《よ》びだしたわたり廊下《ろうか》にも来《き》てくれなかった。

それなのに、いきなりこんな風《ふう》にわたしと会《あ》わされちゃって、石崎《いしざき》くんもきっと困《こま》ってるのだろう。

「あ、もしかして、テーマパークのほうがよかったたって思《おも》ってる？　でもさあ、入園《にゅうえん》パスポートは値段《ねだん》が高《たか》いし、家《いえ》から遠《とお》いし、親《おや》が許《ゆる》してくれないじゃあん」

まいまいが口《くち》をとがらせたので、わたしはあわてて首《くび》をふった。

「ううん、そうじゃないよ。テーマパークじゃなくて、ここで大丈夫《だいじょうぶ》。そういう意味《いみ》じゃなくて……！」

そう続《つづ》けようとしたら、まいまいはにたりと笑《わら》った。

「なーんだ。なら、いいじゃん。さ、こんなとこでぼさっとしててもしょうがないし、なかに入《はい》ろう！」

元気《げんき》よくそう言《い》うと、さっさとチケットを持《も》って入場《にゅうじょう》ゲートへむかった。そのあとを小《こ》坂《さか》くんもついていく。

あとにわたしと石崎《いしざき》くんが取《と》り残《のこ》される。

「……あ、あの」

まずはこの間《あいだ》のことをあやまろうとしたら、石崎《いしざき》くんはまるでそれをさえぎるように、

「……行《い》こっか」

そう言《い》って、歩《ある》きだした。

石崎《いしざき》くんの背中《せなか》が遠《とお》ざかっていく。

（……どうしよう）

夢《ゆめ》にまでみたダブルデート。

それが、まさかこんな最悪《さいあく》な状況《じょうきょう》で実現《じつげん》するなんて、神《かみ》さまはなんていじわるなんだろう？

「ほらーっ、莉緒《りお》。早《はや》く早《はや》く！」

先《さき》に入場《にゅうじょう》ゲートを通《とお》りすぎたまいまいに言《い》われて、我《われ》にかえる。

「ごめん、今《いま》行《い》く」

わたしも三人《にん》に続《つづ》いて、あわてて入場《にゅうじょう》ゲートをくぐった。

13 いきなりのダブルデート

「ねえねえ、どこからまわる？　やっぱ、ジェットコースターかな？」

園内《えんない》マップを見上《みあ》げてまいまいが言《い》うと、すかさず小坂《こさか》くんがつっこんだ。

「先《さき》にジェットコースター乗《の》ってどうすんだよ。お楽《たの》しみは、あとに取《と》っとくもんだろうが」

すぐにまいまいが、ぷうっとほっぺたをふくらませた。

「えー、なんでよお」

口《くち》では言《い》いあいをしているけど、ふたりとも楽《たの》しそうに笑《わら》っている。

その様子《ようす》を、うしろからわたしと石崎《いしざき》くんは、だまって見《み》つめる。

（まいまいと小坂《こさか》くん、ホントに仲《なか》いいなあ……）

いつでも、どんな場所《ばしょ》でも、ふたりで自然《しぜん》におしゃべりができるなんて、本当《ほんとう》にうらやましい。

(それに比《くら》べて……)

わたしは、ちらっととなりを歩《ある》く石崎《いしざき》くんを見《み》る。

わたしたちは、さっきから一言《ひとこと》も話《はなし》をしていない。ずっとだまったまんま。なんだかこのあたりだけ、空気《くうき》がどよ~んとしていそうだ。

(それにしても、石崎《いしざき》くん、今日《きょう》もカッコイイな)

いったいどこで服《ふく》を買《か》ってるんだろう? と知《し》りたくなるくらい、毎回《まいかい》おしゃれな私服《しふく》を着《き》ている。

背《せ》も高《たか》いし、雑誌《ざっし》のモデルみたいだ。

小坂《こさか》くんには悪《わる》いけど、ふたりでならんでいると兄弟《きょうだい》みたい。もちろん、石崎《いしざき》くんがお兄《にい》さんで小坂《こさか》くんが弟《おとうと》なんだけど。

「なんか、不意打《ふいう》ちみたいなことして、ごめん」

石崎《いしざき》くんが、とつぜん、となりでぼそっとつぶやいた。

「えっ」

おどろいて、石崎《いしざき》くんの顔《かお》を見上《みあ》げる。

「悠馬《ゆうま》から、今日《きょう》四人《よにん》で出《で》かけようって言《い》われたときに、きっと辻本《つじもと》さんいやがるだろうなって思《おも》ったんだけど、断《ことわ》ったら、いろいろ説明《せつめい》しなきゃいけないしなと思《おも》って」

「そっ、そんな……！」

いやがってるわけじゃなくて、ただ、びっくりしただけ。

そのあとに続《つづ》けてそう言《い》おうと思《おも》うけど、やっぱり言葉《ことば》が出《で》てこない。

「ちょっと、ちょっと〜。ふたりとも、さっきから、なに気《き》むずかしい顔《かお》してんの？　なんか乗《の》り物《もの》、乗《の》ろうよ。ねっ」

まいまいが、わたしと石崎《いしざき》くんの顔《かお》をのぞきこむ。

「あっ、あれ、いーじゃん。あれに乗《の》ろうぜ」

そう言《い》って小坂《こさか》くんが指《ゆび》さしたのは、大《おお》きな池《いけ》に浮《う》かぶあひるの形《かたち》のボートだった。座《ざ》席《せき》には、赤《あか》や青《あお》、緑《みどり》や黄色《きいろ》など、カラフルなほろがついている。

（ひえ〜っ、あれ、ふたり乗《の》りじゃん……！）

この状況《じょうきょう》でふたりきりなんて、どうしていいかわかんないよ！

「俺《おれ》、あの青《あお》のあひるがいい！」

「わたしも！」

そう言《い》って、まいまいと小坂《こさか》くんはだーっと走《はし》りだしてしまった。

「ちょ、ちょっと待《ま》って！」

わたしと石崎《いしざき》くんも、あわててふたりを追《お》いかける。

だけど、走《はし》る必要《ひつよう》なんてぜんぜんなかった。乗《の》り場《ば》はがらがらで、ならぶこともなくすぐにボートに案内《あんない》される。

「じゃあね、莉緒《りお》。あっ、そうだ。どっちが速《はや》くこげるか、競争《きょうそう》しよっか」

するとすかさず小坂《こさか》くんがつっこんだ。

「おまえ、そんなん言《い》って、負《ま》けたらどうすんだよっ」

ふたりでにぎやかに言《い》いあいながら、まいまいと小坂《こさか》くんは先《さき》にボートに乗《の》りこんだ。

「じゃあ、俺《おれ》たちも乗《の》ろうか」

「……うん」

石崎《いしざき》くんに言《い》われて、わたしたちもあひるのボートへ乗《の》りこむ。

そのとき、石崎《いしざき》くんが手《て》を差《さ》しだしてくれた。その手《て》をつかむ。

つきあい始《はじ》めるときに、

「これから、よろしく」

そう言《い》われてそっとにぎった石崎《いしざき》くんの手《て》。

この間《あいだ》、映画《えいが》を観《み》に行《い》ったときには、ちょっと手《て》が触《ふ》れただけでどきどきしてうれしかった。

だけど、どうしてだろう。

今《いま》は石崎《いしざき》くんの手《て》のぬくもりが、どこかよそよそしい感《かん》じがする。

わたしたちは、無言《むごん》のままひたすらペダルをこいだ。

ふたりの間《あいだ》に横《よこ》たわる沈黙《ちんもく》を吹《ふ》き飛《と》ばすように、わざとばしゃばしゃと水音《みずおと》を立《た》てる。

「わーっ、莉緒《りお》たち、なんか、速《はや》くない？」

いつの間《ま》にか、先《さき》にスタートしたまいまいたちを、高速《こうそく》でぬき去《さ》ってしまったようだ。

わたしたちのあとをゆっくり進《すす》むまいまいが声《こえ》をかけてきた。

「おまえ、しゃべってねえでしっかりこげよ」

「えー、こいでるよ！」

ふたりのにぎやかな声《こえ》が、うしろに遠《とお》ざかっていく。

まいまいたちは、いきおいだけはいいんだけど、なぜだか同《おな》じところばかりをぐるぐるまわっているようだ。

わたしたちは特《とく》にしゃべることもなく、ただひたすらペダルをこいだ。

そのせいか、ぐんぐんほかのボートを追《お》い越《こ》す。

結局《けっきょく》、二十分間《ぷんかん》、わたしたちはボートをこいで池《いけ》のなかを縦横無尽《じゅうおうむじん》に動《うご》きまわっただけで、ほとんど話《はなし》をしなかった。

バスケ部《ぶ》で毎日《まいにち》きたえているまいまいたちとはちがって、普段《ふだん》なんの運動《うんどう》もしていないわたしには、結構《けっこう》キツい。

（……つ、つかれた）

よろよろとボート乗《の》り場《ば》から出《で》ると、まいまいと小坂《こさか》くんが笑顔《えがお》で待《ま》ち構《かま》えていた。

「次《つぎ》、なに行《い》く〜？」

ちょうど、今下《いまお》りたばかりのボート乗《の》り場《ば》の横《よこ》に、急流《きゅうりゅう》すべりの丸太《まるた》がばしゃーんと落《お》ちてきた。

「おっ、これにしようぜ」

小坂《こさか》くんはそう言《い》うと、もう乗《の》り場《ば》にむかって走《はし》りだした。

「わーい、わたし、急流《きゅうりゅう》すべり大好《だいす》き！　大声出《おおごえだ》すぞーっ！」

そのあとに続《つづ》いて、まいまいも両手《りょうて》をあげて走《はし》っていく。

（ふたりとも、元気《げんき》だなあ……）


結局《けっきょく》、そのあと、立《た》て続《つづ》けに三《みっ》つのアトラクションに乗《の》ったけど、盛《も》り上《あ》がっていたのはまいまいと小坂《こさか》くんだけ。

わたしと石崎《いしざき》くんはずっと、お通夜《つや》みたいにだまりこんでいる。

「……おなか減《へ》ったし、そろそろ、お昼《ひる》にしよっか」

さすがにつかれたのか、まいまいの提案《ていあん》で、四人《よにん》いっしょにオープンテラスのあるレストランでランチを食《た》べた。

だけど、なにを食《た》べても味《あじ》がしない。

まいまいと小坂《こさか》くんは楽《たの》しそうにおしゃべりしているけど、そのとなりで、石崎《いしざき》くんと

わたしは、特《とく》に話《はな》すこともなく、ただ、時間《じかん》だけがすぎていく。

（せっかくのダブルデートなのになあ……）

しょんぼりしていたら、小坂《こさか》くんがかばんを持《も》って立《た》ち上《あ》がった。

「俺《おれ》、ジュースおかわりしてくる」

「あ、わたしもアイス買《か》いに行《い》こうっと」

まいまいが言《い》うと、小坂《こさか》くんがおおげさに目《め》をむいた。

「おまえ、まだ食《た》べるの？」

「うるさいな。いいでしょ！」

まいまいがわたしを見《み》た。

「莉緒《りお》は、いいよね？」

そう言《い》って、ぱちぱちとまばたきをする。

（……あっ）

もしかして、まいまい、わたしに石崎《いしざき》くんと仲《なか》なおりさせようとしてくれてる？

「う、うん。わたしはいい」

「じゃあ、買《か》ってくるねー」

ふたりは連《つ》れだって、セルフレジにならびに行《い》った。

テーブルに残《のこ》されたわたしたちは、思《おも》いがけずふたりきりになる。

「悠馬《ゆうま》たち、言《い》いあいばっかりしてるね」

石崎《いしざき》くんが、苦笑《くしょう》しながらぼそっとしゃべりかけてきた。

「……でも、仲《なか》よしだよね」

わたしが答《こた》えると、

「そうだけど」

そう言《い》ったあと、石崎《いしざき》くんはまただまりこんだ。

（よし、せっかくまいまいがチャンスを作《つく》ってくれたんだから、今《いま》あやまらなきゃ！）

勇気《ゆうき》をふりしぼって、顔《かお》をあげた。

「……あのっ！」

同時《どうじ》に、石崎《いしざき》くんもなにか言《い》おうとした。

「なっ……、なに？」

「あ、ええっと、石崎《いしざき》くんからどうぞ」

わたしが言《い》うと、石崎《いしざき》くんがぼそりと言《い》った。

「……あのさ。あとで、ふたりで話《はな》しない？」

「えっ、あとでって？　今《いま》じゃなくて？」

わたしが聞《き》くと、石崎《いしざき》くんは言《い》いにくそうに続《つづ》けた。

「うん。ふたりだけで、ちょっとゆっくり話《はなし》がしたいんだ。俺《おれ》、辻本《つじもと》さんに言《い》わなきゃいけないことあるし」

……言《い》わなきゃいけないこと？

あとから、わざわざふたりだけで？

頭《あたま》のなかで繰《く》りかえし、あっと声《こえ》をあげそうになった。

――もしかして、それって、別《わか》れ話《ばなし》？


「おまたせー！」

買《か》い物《もの》を済《す》ませた小坂《こさか》くんとまいまいがもどってきた。
（どう？　うまくいった？）
まいまいが、目《め》で問《と》いかけてきたけど、わたしは小《ちい》さく首《くび》をふった。
石崎《いしざき》くんは、何事《なにごと》もなかったかのような顔《かお》で、残《のこ》ったアイスコーヒーを飲《の》んでいる。
（どうしよう）
きっと、石崎《いしざき》くんは今日《きょう》で決断《けつだん》したんだ。
やっぱり、わたしとはやっていけないって。
でも、別《わか》れるなんてぜったいやだ。
そんな話《はなし》、聞《き》きたくない！

14 まいまいのアドバイス

おかわりのジュースを飲《の》み干《ほ》して、小坂《こさか》くんがトレーを持《も》って立《た》ち上《あ》がった。

「いつまでもここで座《すわ》っててもしょうがないし、とりあえず、店出《みせで》ようぜ」

「そうだね。二組《ふたくみ》に分《わ》かれて観覧車《かんらんしゃ》でも乗《の》る？」

まいまいの言葉《ことば》に、さーっと顔《かお》から血《ち》の気《け》が引《ひ》いた。

観覧車《かんらんしゃ》！

『セイシュンシックスティーン』では、遊園地《ゆうえんち》デート中《ちゅう》、主人公《しゅじんこう》が観覧車《かんらんしゃ》のなかで彼氏《かれし》に別《わか》れ話《ばなし》を切《き》りだされるシーンがある。

そんな不吉《ふきつ》な乗《の》り物《もの》に、石崎《いしざき》くんと乗《の》りたくない！

わたしは、いっしょに立《た》ち上《あ》がろうとしたまいまいの腕《うで》をつかんだ。

「……ごめん。わたし、まいまいと、もうちょっとここで休《やす》んでていいかな」

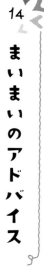

「えっ、どうしたの？　莉緒《りお》」

まいまいが、びっくりしたような顔《かお》でわたしを見《み》る。

「お願《ねが》い！」

そう言《い》って、つかんだ手《て》に力《ちから》をこめる。

せっかく、わたしたちを仲《なか》なおりさせようと企画《きかく》してくれたダブルデートだけど、これ以上《いじょう》はもう限界《げんかい》だ。

まいまいは小坂《こさか》くんのほうを見《み》てから、小《ちい》さく息《いき》をついた。

「じゃあ、しばらく女子《じょし》と男子《だんし》で分《わ》かれよっか」

まいまいの提案《ていあん》に、小坂《こさか》くんも困《こま》ったような顔《かお》でうなずいた。

「……だな」

石崎《いしざき》くんは、賛成《さんせい》とも反対《はんたい》とも言《い》わず、だまったままだ。

(もう最悪《さいあく》)

せっかくのオフの日《ひ》。

ホントはまいまいたちだって、ふたりきりで園内《えんない》をまわりたいだろうなってことは、わたしだってわかってる。

だけど、このまま石崎《いしざき》くんとふたりきりになったら、別《わか》れようって言《い》われそうで、こわくてたまらないのだ。

まいまいとなにか話《はなし》をしていた小坂《こさか》くんと石崎《いしざき》くんは、「じゃあ、ちょっとそこらへん、見《み》てくる」と言《い》って、店《みせ》から出《で》ていった。

ふたりの姿《すがた》が見《み》えなくなったとたん、まいまいがわたしの顔《かお》をのぞきこんだ。

「どうしたの？　莉緒《りお》。仲《なか》なおり、うまくできなかった？　なんか、ゴメンね。ダブルデート、強行《きょうこう》しちゃって」

心配《しんぱい》そうなまいまいの顔《かお》を見《み》ていたら、これまで張《は》りつめていた緊張《きんちょう》の糸《いと》が、ぷつんと音《おと》を立《た》てて切《き》れてしまった。

「うっ……、うわあん、まいまい〜っ！」

わたしはまいまいにすがりついて、泣《な》きくずれた。

そして、今《いま》までずっと言《い》わないようにがまんしてきたことを、すべて話《はな》した。

バレーボール部《ぶ》の子《こ》たちから言《い》われたこと。

鳴尾《なるお》さんと石崎《いしざき》くんがふたりでいたのを見《み》かけたこと。

もしかしたら、別《わか》れようって言《い》われちゃうかもしれないこと。

「ごめんね、まいまい。こんなとこで」

ひっくひっくとしゃくりあげながらそう言《い》うと、まいまいはううんと首《くび》を横《よこ》にふった。

「平気《へいき》だよ。ぜんぜん気《き》にしない」

そうは言《い》うけど、わたしたちの座《すわ》るテーブルのまわりには、小《ちい》さいこどものいる家族連《かぞくづ》れが大勢《おおぜい》いた。

まばたきもせず、じーっとわたしを見《み》ている男《おとこ》の子《こ》がいて、お母《かあ》さんが「見《み》ちゃダメ」と注意《ちゅうい》している。

「……でも、そっかあ。そんなことがあったんだね。そりゃあ、莉緒《りお》じゃなくても落《お》ちこむよ。バレー部《ぶ》の子《こ》たち、かあ」

イスにもたれて、まいまいがため息《いき》まじりにつぶやく。

「だれがいたのかよくわからなかったけど……」

ホントは、恒川《つねかわ》さんと足立《あだち》さんがいたことはわかっていたけど、名前《なまえ》は出《だ》さずにいた。

すると、まいまいがぱっと体《からだ》を起《お》こした。

「あ、でも誤解《ごかい》のないように言《い》っとくね。なるたんは、そのメンバーのなかにはぜったい入《はい》ってないよ。そういうこと、言《い》う子《こ》じゃないから」

「……うん、わかってる」

わたしはこくんとうなずいた。

「それに、石崎《いしざき》くんといっしょにいたのは、たぶん塾《じゅく》が同《おな》じだからだと思《おも》うよ。なるたんも石崎《いしざき》くんも、頭《あたま》いいでしょ。それで駅前《えきまえ》の同《おな》じ進学塾《しんがくじゅく》に通《かよ》ってるんだ」

「あっ、そうだったんだ」

そう聞《き》いて、ホッとした。

あのとき、目《め》が合《あ》ったと思《おも》ったのは、わたしのかんちがいだったのかもしれない。

それなら、納得《なっとく》がいく。

さやさやと流《なが》れる初夏《しょか》の風《かぜ》が、わたしたちのそばにある木《こ》の葉《は》をゆらし、地面《じめん》に落《お》ちるかげが形《かたち》を変《か》えた。

「ともかく、バレー部《ぶ》の子《こ》たちが言《い》ってたことはさ、ほっときゃいいんだよ。莉緒《りお》が悩《なや》む必要《ひつよう》ないって」

まいまいの言葉《ことば》に、また涙《なみだ》がこみあげてきた。

「でも、わたしのせいで石崎《いしざき》くんまで悪《わる》く言《い》われちゃって……」

「そんなの、いちいち気《き》にしなくていいって。第一《だいいち》、その子《こ》たち、莉《り》緒《お》のことなんてよく知《し》らないじゃん。言《い》いたい奴《やつ》には言《い》わせとけばいいんだよ」

まいまいはまったく気《き》にしない調子《ちょうし》でそう言《い》うけれど、わたしはそんな強《つよ》い気《き》持《も》ちを持《も》てない。

あまりよく思《おも》われてないんだろうなとはうすうす感《かん》じていたけど、まさかあんなこと言《い》われるなんて。

（まいまいには、きっとわからないよね）

だれからも愛《あい》されてるまいまいには。

「わたしなんか、石崎《いしざき》くんとつきあう資格《しかく》なかったんだよ。だから、みんなイラついちゃうんだよ」

つい、いじけた調子《ちょうし》でそう言《い》うと、

「あのさ」

まいまいは、もう氷《こおり》しか残《のこ》っていないカップのストローをからからとまわした。

「『資格《しかく》』ってなに？　だれかとつきあうのに、いちいちみんなにみとめられなきゃいけないわけ？」

「えっ」

そんなことを言《い》われるとは思《おも》わなかった。イスに座《すわ》りなおして、まいまいを見《み》る。

「……そういうわけじゃないけど」

「いつも言《い》ってるでしょ。莉緒《りお》はかわいいし、性格《せいかく》もいい。すごくいい子《こ》なんだよって。なのに、どうして『わたしなんか』って言《い》うのかな」

「だって……」

わたしはうつむいて、キュロットのすそをぎゅっとにぎりしめた。

「わたしはまいまいみたいに友《とも》だちもたくさんいないし、運動神経《うんどうしんけい》だってよくない。おしゃべりも得意《とくい》じゃないし、なんのとりえもないんだもん」

消《き》え入《い》りそうな声《こえ》で言《い》うと、まいまいがあきれたように鼻《はな》を鳴《な》らした。

「だから？」

「……だから、クラスのほかの子《こ》たちからも、石崎《いしざき》くんからも、あきれられるんだろうなって」

「あのさあ」

話《はなし》の途中《とちゅう》で、急《きゅう》にまいまいが大《おお》きな声《こえ》を出《だ》した。

「莉緒《りお》とわたしがちがうのは、あたりまえでしょ？」

おどろいて、まいまいを見《み》る。

「莉緒《りお》がわたしみたいな性格《せいかく》だったら、みんなぜったい引《ひ》くよ？　っていうか、わたしがやだ。自分《じぶん》そっくりな性格《せいかく》の子《こ》となんて、友《とも》だちになりたくないもん」

そう言《い》うと、まいまいは前歯《まえば》をむきだして、にかっと笑《わら》った。

「わたしが莉緒《りお》を好《す》きなのは、わたしとぜんぜんちがうから。わたしみたいにぎゃあぎゃあうるさくなくて、女《おんな》の子《こ》らしくて、やさしくて、まじめで。わたしは莉緒《りお》のそういうところが大好《だいす》きなんだよ。なのに、莉緒《りお》が『わたしなんか』って言《い》うと、がっかりしちゃう。わたしが好《す》きだって思《おも》ってる気持《きも》ち、否定《ひてい》されてるみたいで」

「そんな……」

思《おも》わず絶句《ぜっく》したけど、言《い》われてみればたしかにそうだ。

そんなつもり、なかったのに。

「石崎《いしざき》くんも同《おな》じだと思《おも》うよ。いくら好《す》きだって伝《つた》えても、莉緒《りお》がそうやって悪《わる》いほうにばっかり考《かんが》えるから、どうしていいかわかんなくなるのかもよ」

「……そうなのかな」

しょんぼりうなだれていたら、まいまいがいつものように、ばしんと背中《せなか》をたたいた。

「もう、莉緒《りお》ったらまたしょんぼりしちゃって。せっかく夢《ゆめ》のダブルデートしてるんだよ？　元気出《げんきだ》さなきゃ」

(そうなんだけど)

まいまいみたいにすぐ気持《きも》ちを切《き》り替《か》えることなんて、わたしにはできないよ！

(こういうとこが、ダメなんだけど)

「というわけでさ。莉緒《りお》にひとつ、提案《ていあん》があります」

まいまいが、ごそごそとリュックの中身《なかみ》をさぐりはじめた。

「この遊園地《ゆうえんち》のキャラクターと写真撮《しゃしんと》れるっていうイベントがあるんだって。ほら、見《み》て」

そう言《い》って、まいまいはリュックから取《と》りだした菖蒲丘遊園地《しょうぶおかゆうえんち》のパンフレットを広《ひろ》げた。

『ちびっこ、集《あつ》まれ！

菖蒲丘遊園地《しょうぶおかゆうえんち》のキャラクター・ショウブンといっしょに写真《しゃしん》タイム。

みんな、ショウブン広場《ひろば》に集《あつ》まってね！』

そこには、頭《あたま》に菖蒲《しょうぶ》の花《はな》を挿《さ》したかわいいのかどうかちょっとビミョウなくま（？）が写《うつ》っていた。

「ふうん。……でも、あんまりかわいくないね」

思《おも》ったことを正直《しょうじき》に言《い》うと、まいまいがチッチッチと指《ゆび》をふった。

「それがさ、このショウブン、ぶさいくなくせに結構《けっこう》レアキャラで、なかなかいっしょに写真撮《しゃしんと》れないんだって。だから、ショウブンと写真《しゃしん》が撮《と》れたらラッキーなことが起《お》こるらしいよ。この話《はなし》、高校生《こうこうせい》の間《あいだ》では有名《ゆうめい》みたい。うちの亜衣姉《あいねえ》が教《おし》えてくれたの」

SHOU
BUN!

「へえ〜、そうなんだ」

まじまじとパンフレットを見《み》る。

そんなラッキーな感《かん》じ、まったくしないけど、そう言《い》われてみたらそうなのかもと思《おも》えてくるから不思議《ふしぎ》だ。

「でさ、もうすぐその撮影《さつえい》の時間《じかん》なの！　いっしょに撮《と》りに行《い》こうよ」

まいまいが、腕時計《うでどけい》を見《み》て、立《た》ち上《あ》がる。

「えっ、いいけど……。小坂《こさか》くんたちに言《い》わなくていいかな」

わたしのせいで別行動《べつこうどう》になったんだけど、勝手《かって》に移動《いどう》してしまったら、いよいよ本格的《ほんかくてき》にはぐれてしまうんじゃないだろうか。

だけどまいまいは、平気平気《へいきへいき》と笑《わら》い飛《と》ばした。

「どうせ、小坂《こさか》にこんなこと言《い》ってもばかにされるからさ、うちらだけで行《い》こうよ。ねっ」

そう言《い》って、てきぱきと食《た》べ終《お》えたトレーを返却口《へんきゃくぐち》へとかえしに行《い》く。

「まいまいがいいなら、いいけど……」

しかたなく、わたしも立《た》ち上《あ》がる。

「ショウブンと写真撮《しゃしんと》れたらラッキーなことが起《お》こるんだったら、莉緒《りお》も石崎《いしざき》くんと仲《なか》なおりできるかもしれないじゃん。ねっ？」

「……そっか、なるほど！」

まいまいったら、わたしと石崎《いしざき》くんのこと、そこまで考《かんが》えてくれてたのか。

なにげない一言《ひとこと》に、じーんとする。

「で、かんじんのショウブン広場《ひろば》って、どこなんだろ」

お店《みせ》から出《で》たあと、ふたりでパンフレットを見《み》ながらあたりをきょろきょろする。

「あ、あそこの観覧車《かんらんしゃ》の下《した》だって。ほら、行《い》こう」

そう言《い》って、まいまいはさっさと歩《ある》きだす。

だけど、ショウブン広場《ひろば》の真《ま》ん中《なか》まで来《き》たところで、急《きゅう》にまいまいが足《あし》を止《と》めた。

「どうしたの？」

わたしが聞《き》いたら、まいまいは、いきなりおなかを押《お》さえてしゃがみこんだ。

「あいたたた……。ごめん、莉緒《りお》。なんか、急《きゅう》におなか痛《いた》くなってきた」

「ええっ、ウソ。大丈夫《だいじょうぶ》？」

するとまいまいは、おなかを押《お》さえたまま、わたしの手《て》をにぎった。

「悪《わる》いんだけど、トイレ行《い》ってくる間《あいだ》、ここで場所取《ばしょど》りしといてくれない？」

「そんな、まいまいひとりで行《い》かせられないよ。大丈夫《だいじょうぶ》、わたしもついて行《い》く」

そう答《こた》えたら、まいまいはぶんぶんと大《おお》きく首《くび》を横《よこ》にふった。

「だめだめ！　いっしょに写真《しゃしん》を撮《と》ってもらえるのは、先着《せんちゃく》五名《めい》までなんだから、ちゃんと場所取《ばしょど》りしとかなきゃ！　すぐもどってくるから、悪《わる》いけどそこでならんで待《ま》ってて」

まいまいが指《ゆび》さす方向《ほうこう》を見《み》る。

だけど、誰一人《だれひとり》待《ま》っている人《ひと》はいない。

「だれも来《き》てないし、まだならんでなくても大丈夫《だいじょうぶ》なんじゃない？」

そう言《い》ってふりかえると、まいまいはものすごいスピードではるかかなたまで走《はし》りぬけていた。

遠《とお》ざかる背中《せなか》を、ぽかんとして見《み》つめる。

（……おなかが痛《いた》いのに、よくあんなスピードで走《はし》れるなあ）

15 観覧車《かんらんしゃ》に乗《の》って

まいまいに言《い》われた場所《ばしょ》へ立《た》ち、きょろきょろあたりを見回《みまわ》した。

（……ホントにここで合《あ》ってるのかなあ）

先着《せんちゃく》五名《めい》、なんて言《い》ってたけど、さっきからだれも来《こ》ない。まいまいも、トイレに行《い》ったきりなかなかもどってこないし、かんじんのショウブンもあらわれない。

石崎《いしざき》くんたちとも別行動《べっこうどう》しているし、このまま、まいまいともはぐれちゃったら、わたし、ここからひとりで帰《かえ》らなきゃいけないわけ？

……それはぜったい、さみしすぎる！

（どこ行《い》っちゃったのかなあ……）

くるりと観覧車《かんらんしゃ》と反対側《はんたいがわ》の方向《ほうこう》を見《み》て、はっとした。

向《む》こうから、石崎《いしざき》くんが、ひとりでこっちにむかって歩《ある》いてくる！

（えっ、えっ、なんで？）

口《くち》をぱくぱくさせていて、気《き》がついた。

もしかして、これってまいまいの作戦《さくせん》だったわけ？

わたし、まただまされちゃったってこと？

石崎《いしざき》くんは、眉間《みけん》にしわを寄《よ》せ、険《けわ》しい顔《かお》で近《ちか》づいてくる。

（どうしよう、絶体絶命《ぜったいぜつめい》だよ〜っ！）

おろおろしている間《あいだ》に、石崎《いしざき》くんはわたしの前《まえ》に立《た》つと、一息《ひといき》に言《い》った。

「ごめん。俺《おれ》が悠馬《ゆうま》と林《はやし》さんに頼《たの》んで、辻本《つじもと》さんをここに呼《よ》びだしてもらったんだ。どうしてもふたりで、話《はな》したいことがあって」

そう言《い》うと、観覧車《かんらんしゃ》を指《ゆび》さす。

「俺《おれ》といっしょに、乗《の》ってくれる？」

（ええっ、観覧車《かんらんしゃ》？）

ひゅうっと息《いき》をのんだ。

「あの、ここじゃだめ？　まいまいに頼《たの》まれて、ショウブンってキャラが出《で》てくるの、待《ま》ってなきゃいけなくて」

おどおど言《い》い訳《わけ》をしたけど、石崎《いしざき》くんはきっぱりと首《くび》を横《よこ》にふった。

「それは、林《はやし》さんがこじつけた口実《こうじつ》だから。ふたりきりで話《はな》したいんだ」

(えええええ)

頭《あたま》のなかで、『セイシュンシックスティーン』の一場面《いちばめん》がフラッシュバックする。

この展開《てんかい》、ぜったい別《わか》れ話《ばなし》に決《き》まってる……！

「行《い》こう」

そう言《い》って、石崎《いしざき》くんが観覧車《かんらんしゃ》に足《あし》をかける。

しかたなく、わたしも石崎《いしざき》くんのあとに続《つづ》いて観覧車《かんらんしゃ》に乗《の》りこんだ。


「ごゆっくりどうぞ」

無愛想《ぶあいそう》な係員《かかりいん》のお兄《にい》さんはそう言《い》うと、扉《とびら》を閉《し》めて、がちゃんとカギをかけた。

ゴンドラがゆっくりと地上《ちじょう》をはなれ、動《うご》きだす。

もうどこにも逃《に》げられない。正真正銘《しょうしんしょうめい》、ふたりきりだ。

わたしはひざの上《うえ》でぎゅっとこぶしをにぎった。

（ああ、ついにこのときがきてしまった……）

みんなのあこがれの石崎《いしざき》くんから告白《こくはく》されて、まるで自分《じぶん》が少女《しょうじょ》まんがのヒロインになったような気《き》がして、浮《う》かれていた。

そして、いっしょに帰《かえ》ったり、映画《えいが》を観《み》に行《い》ったりしているうちに、わたしは石崎《いしざき》くんのことがどんどん好《す》きになっていった。

だけど、石崎《いしざき》くんはわたしとは反対《はんたい》だったのかも。

わたしの性格《せいかく》をよく知《し》らないまま、つきあいだしたものの、わたしといても、ちっとも会話《かいわ》ははずまないし、楽《たの》しくなかったにちがいない。

ちらっと石崎《いしざき》くんを見《み》る。

石崎《いしざき》くんはさっきからずっとかたい表情《ひょうじょう》でうつむいたままだ。

どう別《わか》れを切《き》りだそうか迷《まよ》っているのかも。

そう思《おも》ったら、泣《な》きそうになってきた。

ゴンドラがちょうどてっぺんに着《つ》いたとき、石崎《いしざき》くんがとつぜん顔《かお》をあげた。

「……あのさ」

かすれた声《こえ》で言《い》うと、石崎《いしざき》くんはいきなり頭《あたま》を下《さ》げた。

「ごめん！」

わたしはきゅっとくちびるをかみしめた。

最初《さいしょ》から、わかってたこと。

わたしみたいにどんくさくて、なんのとりえもない子《こ》のこと、石崎《いしざき》くんが好《す》きになってくれたのがおかしかったんだ。

ここで泣《な》いたら、石崎《いしざき》くんを困《こま》らせてしまう。

泣《な》かないように、目《め》をしばたたかせてから、だまって首《くび》を横《よこ》にふった。

なにか口《くち》に出《だ》したら、泣《な》いてしまいそうだから。

すると、石崎《いしざき》くんは大《おお》きく息《いき》をすいこんでから一息《ひといき》に言《い》った。

「俺《おれ》とつきあったこと、後悔《こうかい》してるかもしれないけど……」

そこで言葉《ことば》を切《き》って、またまだまりこんでしまった。

(『けど』？　けどってなんだろう。後悔《こうかい》なんてしてないのに)

沈黙《ちんもく》が続《つづ》くわたしたちを乗《の》せて、ゴンドラは、ゆっくりと動《うご》いていく。

「ご、ごめん、ちょっと待《ま》って」

そう言《い》うと、石崎《いしざき》くんはおしりのポケットをさぐり、なかから四《よっ》つにおりたたんだ紙《かみ》を取《と》りだした。

「……あの、これ読《よ》んでいい？」

「えっ」

わたしはきょとんとして顔《かお》をあげた。

その紙《かみ》、なんだろう？

よくわからないまま、わたしはだまってうなずいた。

すると、石崎《いしざき》くんはその紙《かみ》を広《ひろ》げて読《よ》みはじめた。

「『辻本《つじもと》さんへ。いつもうまく話《はなし》ができなくて、ごめん。もっと上手《じょうず》に話《はなし》がしたいのに、俺《おれ》は辻本《つじもと》さんといっしょにいると緊張《きんちょう》してしまって、頭《あたま》のなかが真《ま》っ白《しろ》になってしまいます』」

「ええっ」

今度《こんど》はさっきよりも大《おお》きい声《こえ》をあげてしまった。

だけど、石崎《いしざき》くんはわたしにかまわず続《つづ》けた。

「『この間《あいだ》、映画《えいが》に行《い》ったとき、なにを観《み》るかなかなか決《き》められなくてごめん。優柔不断《ゆうじゅうふだん》なやつだと思《おも》われたかもと、落《お》ちこみました』」

（ウソ！）

わたしのほうが変《へん》な映画《えいが》を選《えら》んじゃってきらわれたかと思《おも》っていたのに、石崎《いしざき》くんがそんなことを思《おも》ってたなんて、信《しん》じられない！

「『辻本《つじもと》さんに質問《しつもん》されたときも、きちんと答《こた》えられなくてごめん。どう言《い》えばいいかわからなくて、うまく伝《つた》えられませんでした。これから努力《どりょく》するので、俺《おれ》のことをきらいにならないでください』」

石崎《いしざき》くんは、真《ま》っ赤《か》な顔《かお》で広《ひろ》げた紙《かみ》を閉《と》じた。

わたしは、信《しん》じられない気持《きも》ちで石崎《いしざき》くんを見《み》た。

ウソ……！

あの石崎《いしざき》くんが、そんなこと、考《かんが》えていたなんて。

どんなときも落《お》ちついてて、わたしだけがあたふたしていると思《おも》ってたのに……！

「あ、あの……」

しばらく迷《まよ》ってから、ゆっくり言葉《ことば》を選《えら》んで答《こた》えた。

「……わたしのほうこそ、いつも話《はなし》ができなくてごめんなさい。きらわれたのは、わたしのほうだと思《おも》ってた」

そう言《い》うと石崎《いしざき》くんは、びっくりしたように目《め》を真《ま》ん丸《まる》にした。

「えっ、どうして？」

「……だって、わたし、はきはきしゃべれないし、ぐずだし、運動神経悪《うんどうしんけいわる》いし、まいまいしか友《とも》だちいないし、地味《じみ》だし、暗《くら》いし、なんにもできないし」

言《い》いながら、情《なさ》けなくて泣《な》きたくなる。

すると、石崎《いしざき》くんは赤《あか》い顔《かお》のまま首《くび》を横《よこ》にふった。

「そんなこと、ないよ！　辻本《つじもと》さんは、まじめだし、やさしいし、いつも一生懸命《いっしょうけんめい》だし」

早口《はやくち》でそう言《い》ってから、石崎《いしざき》くんはぼそっとつけ足《た》した。

「……それに、字《じ》がきれいだし」

「……わたしの字《じ》？」

まさかそんなことを言《い》われるとは思《おも》わず、びっくりして聞《き》きかえした。

すると、石崎《いしざき》くんはさっき読《よ》みあげた紙《かみ》をおずおずとわたしに差《さ》しだした。

「俺《おれ》、めちゃめちゃ字《じ》が汚《きたな》いんだ」

差《さ》しだされたのは、一枚《まい》の便《びん》せんだった。

そこには罫線《けいせん》を無視《むし》して乱暴《らんぼう》に書《か》きなぐったような字《じ》がならんでいる。いかにも男子《だんし》らしい字《じ》だ。

「入学《にゅうがく》してすぐの頃《ころ》、壁《かべ》にはりだされた個人目標《こじんもくひょう》を見《み》たとき、辻本《つじもと》さんの字《じ》が一番《ばん》きれいだなあって思《おも》ったんだ。それで、辻本《つじもと》さんのことを意識《いしき》するようになった」

石崎《いしざき》くんはぽつぽつとそう言《い》うと、ふっとほほえんだ。

「辻本《つじもと》さん、そうじのとき、いつも最後《さいご》のゴミ捨《す》てに行《い》ってるんだなとか、みんなが適当《てきとう》にひっかけた雑巾《ぞうきん》をひとりできれいにならべなおしてるんだなとか、そういうの見《み》るたびに、いいなって思《おも》って」

わたしは信《しん》じられない気持《きも》ちで石崎《いしざき》くんの顔《かお》を見《み》た。

そんなこと、だれかに気《き》づかれてるなんて思《おも》わなかった。

石崎《いしざき》くん、いつの間《ま》に見《み》てたんだろう……。

そこまで話《はなし》を聞《き》いて、わたしは今日《きょう》、会《あ》ったときからずっと聞《き》いてみたかったことを思《おも》いきって聞《き》いてみた。

「じゃ、じゃあ、どうして金曜日《きんようび》は来《き》てくれなかったの」

そう言《い》うと、石崎《いしざき》くんはしばらくの間《あいだ》じっとわたしを見《み》てから首《くび》をかしげた。

「……金曜日《きんようび》？　なんかあったっけ」

わたしはかーっと顔《かお》が熱《あつ》くなって思《おも》わず早口《はやくち》で言《い》った。

「おととい、手紙《てがみ》を靴箱《くつばこ》に入《い》れておいたでしょ？　部活《ぶかつ》のあと、わたり廊下《ろうか》に来《き》てって。

わたし、前《まえ》の日《ひ》のこと、あやまりたかったのに」

すると、石崎《いしざき》くんはこれでもかというくらい目《め》を真《ま》ん丸《まる》にして、ぶるぶる首《くび》を横《よこ》にふった。

「し、知《し》らない、知《し》らない！　俺《おれ》、そんな手紙《てがみ》、もらってないよ！」

「ウソ！　だって、あとから石崎《いしざき》くんの靴箱《くつばこ》見《み》たら、手紙《てがみ》なくなってたし！」

ついつい責《せ》めるような口調《くちょう》で質問《しつもん》したら、石崎《いしざき》くんはしばらくかたまったあと、わかりやすくはっとした。

「あっ、もしかしたら……！」

そう言《い》うと、急《きゅう》にしょぼんとした顔《かお》になった。

「靴箱《くつばこ》にスニーカーつっこんだら、なんかくしゃって音《おと》がしたから、だれかにゴミ入《い》れられたのかと思《おも》って、俺《おれ》、まるめて捨《す》てちゃったんだ。……もしかして、あれ、かな？」

（えーっ、まさかそんなオチ？）

わたしはがっくりしてうなずいた。

「……そうかも」

すると、石崎《いしざき》くんは本当《ほんとう》に申《もう》し訳《わけ》なさそうな顔《かお》で頭《あたま》を下《さ》げた。

「ご、ごめん、ホント、ごめん」

「ううん。っていうか、もともとわたしが悪《わる》かったの。前《まえ》の日《ひ》に、石崎《いしざき》くんにいやなこと、言《い》っちゃったし」

そう言《い》って立《た》ち上《あ》がると、わたしは改《あらた》めて頭《あたま》を下《さ》げた。

「あのときは、本当《ほんとう》にごめんなさい」

はずみで、ゴンドラがゆらりとゆれた。

「そんな、あやまらないで。俺《おれ》がしっかりしてないから、辻本《つじもと》さんを不安《ふあん》にさせたんだし。

俺《おれ》こそ、ごめんなさい」

あわてた様子《ようす》で石崎《いしざき》くんも立《た》ち上《あ》がり、ぺこぺこ頭《あたま》を下《さ》げる。

そのたび、ゴンドラがゆらゆらゆれる。

わたしたちは顔《かお》を見合《みあ》わせて、それからぷっとふきだした。

「……あぶないから、とりあえず、座《すわ》ろっか」

「うん」

くすくす笑《わら》いながら、ふたりいっしょに席《せき》に座《すわ》った。

なんだか、おかしい。

あのクールで大人《おとな》っぽい石崎《いしざき》くんに、こんな面《めん》があったなんて！

16 空《そら》を見上《みあ》げて

しばらく笑《わら》いあったあと、石崎《いしざき》くんがぼそっとつぶやいた。

「辻本《つじもと》さんは、さっき、自分《じぶん》のことをなんにもできないって言《い》ってたけど、そんなこと、ないよ。辻本《つじもと》さんには、自分《じぶん》が気《き》がついていないだけで、たくさんいいところがある」

そこで言葉《ことば》を切《き》ると、わたしを見《み》つめた。

「だから俺《おれ》、そんな辻本《つじもと》さんのことが大好《だいす》きだよ」

ゴンドラの細《ほそ》く開《ひら》いた窓《まど》から、風《かぜ》がそっと吹《ふ》きこむ。

はにかみながらほほえんだ石崎《いしざき》くんの顔《かお》が、じわっとにじんだ。

（……わたし、自分《じぶん》に自信《じしん》を持《も》って、いいの？）

声《こえ》に出《だ》したら、涙《なみだ》がこぼれそうで、あわてて指先《ゆびさき》で鼻《はな》を押《お》さえる。

ずっと、自分《じぶん》はだめな人間《にんげん》だと思《おも》っていた。

なにをやっても失敗《しっぱい》して、友《とも》だち作《づく》りもへたくそで。
まいまいはいつもわたしをはげましてくれていたけど、それはまいまいがやさしいから
だって思《おも》ってた。
(でも、信《しん》じていいんだ)
こんなわたしを好《す》きだと言《い》ってくれた人《ひと》がふたりもいる。
まいまいと、……それから、石崎《いしざき》くんが。
そこで、ふいにまいまいに言《い》われた言葉《ことば》を思《おも》いだした。
『いくら好《す》きだって伝《つた》えても、莉緒《りお》がそうやって悪《わる》いほうにばっかり考《かんが》えるから、どうし
ていいかわかんなくなる』
そうか……。
いつも自分《じぶん》に居場所《いばしょ》がないように感《かん》じていたのは、わたしがわたしを信《しん》じていなかった
から。
まわりの人《ひと》にどう思《おも》われているかとか、どう見《み》られているかにばかり気《き》を取《と》られて、本《ほん》
当《とう》にわたしのことを思《おも》ってくれている人《ひと》の言葉《ことば》に、耳《みみ》をふさいでいた。

バレー部《ぶ》の子《こ》たちに言《い》われたことも、もう気《き》にするのはやめよう。
みんなから好《す》かれようとしなくて、いいんだ。
自分《じぶん》が好《す》きな人《ひと》に、本当《ほんとう》の自分《じぶん》を好《す》きになってもらえれば。

「わ、わたし……！」

（わたしも、石崎《いしざき》くんが好《す》き）
いっしょに歩《ある》いていたら、さりげなく車道側《しゃどうがわ》を歩《ある》いてくれるところ。
目《め》が合《あ》ったら、やさしくほほえんでくれるところ。
わたしがだまりこんでも、しんぼう強《づよ》く待《ま》っていてくれるところ。
そして、わたしが気《き》がついていないわたしのいいところを教《おし》えてくれるところ。
そのぜんぶが大好《だいす》き。
石崎《いしざき》くんは、わたしに思《おも》いを伝《つた》えてくれた。
なのに、わたしは一度《ど》も石崎《いしざき》くんに自分《じぶん》の思《おも》いを伝《つた》えたことがない。
（ふたりきりの、今《いま》しか伝《つた》えられない！）

そう思《おも》うのに、じっと見《み》つめられたら、どきどき暴《あば》れまわる心臓《しんぞう》の音《おと》を聞《き》かれてしまいそうで、うまく言葉《ことば》が出《で》ない。

「あ、あの……」

ふるえそうになる両手《りょうて》をしっかりにぎって伝《つた》えようとしたら、石崎《いしざき》くんがふっと視線《しせん》を外《はず》した。

「あ、もうすぐ終《お》わっちゃうね」

「えっ」

つられて窓《まど》の外《そと》を見《み》ると、さっきてっぺんにいたと思《おも》ったのに、ゴンドラはいつの間《ま》にか地上近《ちじょうちか》くまで下《お》りていた。

一台前《だいまえ》のゴンドラから乗客《じょうきゃく》が降《お》りていく姿《すがた》が見《み》える。

(えーっ、もう着《つ》いちゃったの？)

い、今言《いまい》わなきゃ。

じゃないと、この先《さき》ちゃんと思《おも》いを伝《つた》えられないかもしれない。

そう思《おも》うのに、言葉《ことば》がもつれて出《で》てこない。

あせる気持《きも》ちとはうらはらに、ゴンドラはすうっと音《おと》もなく地上《ちじょう》に近《ちか》づき、さっきの無《ぶ》愛想《あいそう》な係員《かかりいん》さんがめんどくさそうに扉《とびら》をあけた。

「気《き》をつけて降《お》りてください」

抑揚《よくよう》のない声《こえ》でそう言《い》われて、あわてて立《た》ち上《あ》がる。

(言《い》わなきゃ、早《はや》く言《い》わなきゃ！)

石崎《いしざき》くんのあとを追《お》って地面《じめん》に降《お》り立《た》ち、歩《ある》きだした石崎《いしざき》くんについていきながら、深《しん》呼吸《こきゅう》をする。

(まいまいたちと合流《ごうりゅう》する前《まえ》に、言《い》わなきゃ！)

「あ、ほら、あそこに悠馬《ゆうま》たち、いるよ。それに、あの着《き》ぐるみ、さっき辻本《つじもと》さんが言《い》ってたショウブンってやつじゃない？」

そう言《い》って、石崎《いしざき》くんがふりかえってほほえむ。

石崎《いしざき》くんが指《ゆび》さした先《さき》を見《み》ると、レンガが敷《し》きつめてある広場《ひろば》の階段《かいだん》に、小坂《こさか》くんとまいまいがならんで座《すわ》っていた。

わたしたちに気《き》がついたようで、まいまいが立《た》ち上《あ》がって手《て》をふっている。

そのすぐそばで、たしかに着《き》ぐるみのショウブンが、手《て》に色《いろ》とりどりの風船《ふうせん》を持《も》って立《た》っていた。

『ショウブンといっしょに写真《しゃしん》が撮《と》れるイベント』というのは本当《ほんとう》のことだったみたいで、あたりには家族《かぞく》連《づ》れがちらほら立《た》っていた。

ショウブンは、一生懸命《いっしょうけんめい》まわりにいるちびっこたちに風船《ふうせん》をわたそうとしているけど、どの子《こ》も大泣《おおな》きして拒否《きょひ》している。

「……なんか、ぜんぜん人気《にんき》ないキャラクターなんだね」

石崎《いしざき》くんは苦笑《にがわら》いしながら、小坂《こさか》くんたちがいるほうへむかって歩《ある》きだした。

「……あ」

遠《とお》ざかっていく石崎《いしざき》くんの背中《せなか》を見《み》つめ、胸《むね》の前《まえ》でぎゅっと手《て》を合《あ》わせる。

早《はや》く言《い》わなきゃ、莉緒《りお》。

じゃないと、ずうっと今《いま》のまま。

この先《さき》、ずうっと後悔《こうかい》するよ！

「い、石崎《いしざき》くん！」

自分《じぶん》でもびっくりするくらい大《おお》きな声《こえ》が出《で》た。

だけど、かまわない。

石崎《いしざき》くんがおどろいた顔《かお》で、ふりかえる。

「わたし、石崎《いしざき》くんが、好《す》きです！　大好《だいす》きです！」

おなかの底《そこ》に力《ちから》を入《い》れて、一息《ひといき》にそう言《い》った。


「えっ」

石崎《いしざき》くんが、ぽかんと口《くち》をあけてかたまっている。

まわりにいる家族連《かぞくづ》れや、小《ちい》さい子《こ》たち、掃除《そうじ》をしていた係員《かかりいん》さんまでが、みんなこっちをふりかえっている。

（ひゃあ〜っ、もしかして、わたし、声《こえ》が大《おお》きすぎた？）

そのことに気《き》がついて、かあっと顔《かお》が熱《あつ》くなる。

なんでよりによって、こんなに人《ひと》がたくさんいるところで、さけんじゃったんだろ。

ばかだ、ばかすぎる、わたし。

はずかしくて、顔《かお》があげられないよ〜〜〜っ！

両手《りょうて》をほっぺたにあてて、その場《ば》に立《た》ちつくしていたら、
がくん
とつぜん、腕《うで》をひっぱられた。

おどろいて顔《かお》をあげると、石崎《いしざき》くんに腕《うで》をつかまれ、チケット売《う》り場《ば》の裏《うら》までひっぱられていく。

「ご、ごめんなさい。みんなの前《まえ》であんなこと言《い》っちゃって」

おどおどあやまると、耳《みみ》の先《さき》まで真《ま》っ赤《か》になった石崎《いしざき》くんが、わたしに背中《せなか》をむけたまま、ううんと首《くび》をふった。

「ありがとう」

そして、そのままぼそっと続《つづ》けた。

「……俺《おれ》、なんか、泣《な》きそう」

うしろから、おそるおそる石崎《いしざき》くんの顔《かお》をのぞきこむと、ちょっぴり涙目《なみだめ》になった石崎《いしざき》

くんが、はずかしそうにくしゃっと笑《わら》った。

ええええええ！

今度《こんど》は、わたしがぽかんとする番《ばん》だった。

あのクールな石崎《いしざき》くんが、何事《なにごと》にも動《どう》じない石崎《いしざき》くんが、まさかそんなことを言《い》ってくれるなんて……！

すると、
とんとん
だれかがわたしの肩《かた》をたたいた。
ふりかえると、たくさんの風船《ふうせん》を手《て》に持《も》つショウブンが、すぐそばに立《た》っている。
そして身《み》ぶり手《て》ぶりでなにかを伝《つた》えようとすると、最後《さいご》に石崎《いしざき》くんにはブルーの、そしてわたしにはピンクの風船《ふうせん》をそれぞれ手《て》わたしてくれた。
石崎《いしざき》くんと顔《かお》を見合《みあ》わせる。
「……くれるってことかな」

そう言《い》うと、ショウブンが大《おお》きくうなずいた。

「あ、ありがとう」

風船《ふうせん》を受《う》け取《と》ると、ショウブンはこくこくとうなずいてまた歩《ある》きだした。

だけどなにかにけつまずき、手《て》に持《も》っていた色《いろ》とりどりの風船《ふうせん》が、いっせいに空《そら》へと舞《ま》い上《あ》がる。

「わあ、きれ〜い！」

そばにいる人《ひと》たちがそろって空《そら》を見上《みあ》げる。

ショウブンは、あわてた様子《ようす》でジャンプしているけど、もちろん届《とど》かない。

たくさんの風船《ふうせん》たちは空《そら》にむかって飛《と》んでいく。

真《ま》っ青《さお》な空《そら》に浮《う》かぶ赤《あか》やピンクや黄色《きいろ》の風船《ふうせん》たち。

まるで、水色《みずいろ》のテーブルクロスの上《うえ》に、カラフルなゼリービーンズをひっくりかえしたみたいだ。

その場《ば》にいる人《ひと》たちとともに空《そら》を見上《みあ》げていると、となりに立《た》つ石崎《いしざき》くんが、わたしの右手《みぎて》をそっとにぎった。

そのぬくもりに、涙《なみだ》が出《で》そうになる。
好《す》きな人《ひと》が、わたしのことを好《す》きでいてくれる。
それってなんてしあわせなことなんだろう。
ああ、この先《さき》、どれだけ大人《おとな》になっても、きっとわたしはこの光景《こうけい》を忘《わす》れない。
わたしも、石崎《いしざき》くんの手《て》をぎゅっとにぎりかえした。

17 風船《ふうせん》がしぼんでも

「いいなあ、いいなあ、莉緒《りお》ったら、いいな〜」

まいまいがリズムをつけるようにそう言《い》うと、となりに立《た》っていた小坂《こさか》くんが、手《て》に持《も》っていた風船《ふうせん》でぺしんとまいまいの頭《あたま》をはたいた。

「電車《でんしゃ》のなかだぞ。静《しず》かにしろって」

すると、今度《こんど》はまいまいが、肩《かた》にかけていたリュックで小坂《こさか》くんのおしりをたたきかえした。

「イッテ！」

「ここ電車《でんしゃ》のなかだよ？　静《しず》かにしなさいよ」

まいまいが、しれっとした顔《かお》で言《い》う。

「あー、でも、今日《きょう》の莉緒《りお》と石崎《いしざき》くん、すてきだったなあ〜。少女《しょうじょ》まんがみたいだったよね～♪」

そう言《い》って、うっとりと両手《りょうて》を合《あ》わせた。

「『石崎《いしざき》くんが、好《す》きです！　大好《だいす》きですぅ～！』」

目《め》をぱちぱちさせて、わたしの真似《まね》をしている。

「んもー、やめてよ、まいまい～」

わたしが言《い》うと、まいまいはにやにや笑《わら》ってわたしをこづいた。

「よく言《い》うよ。莉緒《りお》ってば、フツー、あんなとこでいきなりあんなこと言《い》う？」

「……だってえ」

そんなこと言《い》われても、あのときは無我夢中《むがむちゅう》で、自分《じぶん》でもなにがなんだかわからなかったのだ。

口《くち》をとがらせてまいまいを見上《みあ》げる。

するとまいまいは、ふっと小《ちい》さく息《いき》をはいてほほえんだ。

「莉緒《りお》、よくがんばったね。えらいえらい」

シートに座《すわ》るわたしの頭《あたま》をぽんぽんとやさしくなでた。

まいまいにむかって、わたしもほほえみかえす。

すると小坂《こさか》くんが、

「なっ、やっぱ、ダブルデート作戦《さくせん》、大成功《だいせいこう》だろ。俺《おれ》のアイディアばっちりだし」

つり革《かわ》につかまり、自慢《じまん》げに鼻《はな》の穴《あな》をふくらませると、まいまいが小坂《こさか》くんの頭《あたま》もぽんぽんとなでた。

「はいはい、小坂《こさか》もえらかったね」

とたんに小坂《こさか》くんは耳《みみ》まで真《ま》っ赤《か》になった。

「おまえ、ばかにしてんだろ！」

いつものように言《い》いあいを始《はじ》めた小坂《こさか》くんとまいまいを見《み》て、となり同士《どうし》に座《すわ》っていたわたしと石崎《いしざき》くんも顔《かお》を見合《みあ》わせてふきだした。

「風船《ふうせん》、ずいぶんしぼんできたね」

石崎《いしざき》くんに言《い》われて、わたしは手《て》に持《も》っていたピンクの風船《ふうせん》を見《み》た。

さっきまでは、ちょっと手《て》をはなしたら逃《に》げていきそうなくらいいきおいがあったのに、今《いま》ではわたしの手《て》のあたりでしょぼくれている。この調子《ちょうし》だと、明日《あした》には小《ちい》さくしぼんでぺったんこになってしまいそうだ。

「今日《きょう》の記念《きねん》に、ずっと置《お》いておきたかったのにな」

しょんぼりするわたしに、石崎《いしざき》くんがさらりと言《い》った。

「じゃあ、しぼんだらまたもらいに行《い》こうよ、いっしょに」

石崎《いしざき》くんの言葉《ことば》に、わたしはこくんとうなずいた。

そうだよね。

風船《ふうせん》がしぼんでも、今日《きょう》の思《おも》い出《で》が色《いろ》あせることはない。

また新《あたら》しい風船《ふうせん》をもらいに行《い》けばいいんだ。

「うん、また、行《い》こうね」

わたしが答《こた》えると、石崎《いしざき》くんが、にっこりとほほえんでうなずいた。

不思議《ふしぎ》。

この風船《ふうせん》をもらってから、自分《じぶん》の気持《きも》ちがおもしろいほどするすると口《くち》からこぼれていく。

どうして、気持《きも》ちを伝《つた》えるのがむずかしいだなんて思《おも》いこんでいたんだろう。こんなに簡単《かんたん》なことなのに。

電車《でんしゃ》が鉄橋《てっきょう》をわたっていく。

窓《まど》の外《そと》には、息《いき》をのむほど美《うつく》しい夕陽《ゆうひ》が広《ひろ》がり、川《かわ》の水面《みなも》がまるでオレンジゼリーのようにおいしそうな色《いろ》に染《そ》まっている。

少女《しょうじょ》まんがみたいな恋《こい》に、ずっとあこがれていた。

だけど実際《じっさい》の恋《こい》は、そんなに簡単《かんたん》にはいかない。

悩《なや》んで、もがいて、カッコ悪《わる》いところを見《み》せて……。

思《おも》っていたのとはちがったけど、そうやって、少《すこ》しずつ、ふたりの距離《きょり》をちぢめていくものなのかもしれない。

横目《よこめ》でちらりと石崎《いしざき》くんを見《み》る。

友《とも》だちも少《すく》なくて、なんのとりえもないわたし。

だけど、石崎《いしざき》くんは、そんなわたしでも好《す》きだと言《い》ってくれた。

(今《いま》のわたしのまんまで、いいんだよね)

石崎《いしざき》くんは、まるでわたしの心《こころ》の声《こえ》が聞《き》こえたかのように、にっこり笑《わら》ってうなずいた。

（おわり）

あとがき

こんにちは。作者《さくしゃ》の宮下恵茉《みやしたえま》です。『キミと、いつか。好《す》きなのに、届《とど》かない〝気持《きも》ち〟』、楽《たの》しんでいただけたでしょうか？

今回《こんかい》のヒロインは、美人《びじん》なのにひっこみ思案《じあん》な莉緒《りお》ちゃん。美人《びじん》なら、もっと自信《じしん》を持《も》ってもいいのに～と思《おも》っちゃいそうですが、生《い》きている限《かぎ》り、美人《びじん》であろうがなかろうが、だれにだって悩《なや》みはあるんですよね。

読者《どくしゃ》のみなさんのまわりでも、（あの子《こ》は人気者《にんきもの》だし、顔《かお》もかわいいし、成績《せいせき》もいいし、きっと悩《なや》みなんてないんだろうな）って思《おも》うような子《こ》にも、やっぱりちゃんと悩《なや》みはあるんだと思《おも》います。このお話《はなし》を読《よ》んで、そういうところにも気《き》がついてくれるといいな。

今回《こんかい》、莉緒《りお》ちゃんは石崎《いしざき》くんと初《はつ》デートに映画《えいが》へ行《い》きますが、読者《どくしゃ》のみなさんは男《おとこ》の子《こ》とふたりっきりでデートしたことってあるでしょうか。

もしもあって人《ひと》は、どこへ行《い》ったりしたのかな？　莉緒《りお》ちゃんたちみたいに映画《えいが》？　それとも遊園地《ゆうえんち》？　初《はじ》めてのデートって、きっと緊張《きんちょう》しますよね。

例《たと》えば、会話《かいわ》につまったらどうしようとか、ごはんを上手《じょうず》に食《た》べられるかとか、すっごい心配《しんぱい》になるかもしれませんね。莉緒《りお》ちゃんみたいに、前日《ぜんじつ》からなにを着《き》ていくかとか、髪形《かみがた》とかでも、めちゃくちゃ悩《なや》んでしまいそう！

でも、そういうひとつひとつが、あとから考《かんが》えたら、きっといい思《おも》い出《で》になると思《おも》いますよ〜。

（わたしもそうでした！）

まだ初《はつ》デートしたことないって人《ひと》は、その日《ひ》を夢見《ゆめみ》て、今《いま》からあんなとこに行《い》けたらいいな〜とか、こんなファッションやヘアスタイルで行《い》きたい！　とか、妄想《もうそう》してみてもいいかも！

（よかったら、お手紙《てがみ》でこっそり教《おし》えてください。待《ま》ってま〜す♪）

さて、次回《じかい》、三巻《かん》のヒロインは、バレーボール部《ぶ》のクールビューティー・なるたんこと鳴尾若葉《なるおわかば》ちゃん。さばさばした姉御肌《あねごはだ》のなるたんが好《す》きになる男《おとこ》の子《こ》って、いったいどんな子《こ》なんでしょう？　そして、なるたんの恋《こい》の行方《ゆくえ》は？　それは読《よ》んでのおたのしみ♡

次回《じかい》も、みなさんがキュンキュンする恋《こい》のお話《はなし》をお届《とど》けしますので、待《ま》っていてくださいね！

宮下恵茉《みやしたえま》

集英社みらい文庫

キミと、いつか。

好《す》きなのに、届《とど》かない“気《き》持《も》ち”

宮下《みやした》恵《え》茉《ま》　作
染川《そめかわ》ゆかり　絵

ファンレターのあて先
〒101-8050　東京都千代田区一ツ橋 2-5-10　集英社みらい文庫編集部
いただいたお便りは編集部から先生におわたしいたします。

2016 年 7 月 27 日　第 1 刷発行
2018 年 6 月 6 日　第 7 刷発行

発行者　北畠輝幸
発行所　株式会社 集英社
〒101-8050　東京都千代田区一ツ橋 2-5-10
電話　編集部 03-3230-6246
読者係 03-3230-6080
販売部 03-3230-6393（書店専用）
http://miraibunko.jp

装丁　+++ 野田由美子　中島由佳理
印刷　凸版印刷株式会社
製本　凸版印刷株式会社

★この作品はフィクションです。実在の人物・団体・事件などにはいっさい関係ありません。
ISBN978-4-08-321329-8　C8293　N.D.C.913　184P　18cm

好評《こうひょう》発売中《はつばいちゅう》!

先《せん》パイ、出会《であ》って2度《ど》目《め》で
「つきあってくれないかな?」

って、この展開《てんかい》、急《きゅう》すぎません——!?

第《だい》5回《かい》集英社《しゅうえいしゃ》みらい文庫《ぶんこ》大賞《たいしょう》優秀賞《ゆうしゅうしょう》受賞者《じゅしょうしゃ》の、みらい文庫《ぶんこ》デビュー作《さく》!!

この声《こえ》とどけ！

恋《こい》がはじまる放送室《ほうそうしつ》☆

神戸遥真《こうべはるま》・作《さく》　木乃《きの》ひのき・絵《え》

自分《じぶん》に自信《じしん》のない中《ちゅう》1のヒナ。1年《ねん》1組《くみ》、おまけに藍内《あいうち》なんて名《みょう》字《じ》のせいで、入学式《にゅうがくしき》の新入生《しんにゅうせい》代表《だいひょう》あいさつをやることになっちゃった。当日《とうじつ》、心臓《しんぞう》バクバクで練習《れんしゅう》していたら、放送部《ほうそうぶ》のイケメン・五十嵐《いがらし》先《せん》パイが通《とお》りがかり——？　その出会《であ》いからわずか数日後《すうじつご》、ヒナは五十嵐《いがらし》先《せん》パイから、とつぜん告白《こくはく》されちゃって……??

放送部《ほうそうぶ》を舞台《ぶたい》におくる部活《ぶかつ》ラブ★ストーリー!!

ユニークな八《はち》の字《じ》模様《もよう》のせいで
“こまり顔《がお》”といわれるハチは、幸運《こううん》の招《まね》き猫《ねこ》として
全国《ぜんこく》に知《し》られています。一方《いっぽう》で、飼《か》い猫《ねこ》なのに「ひとり暮《ぐ》らし」、
昼間《ひるま》はたばこ店《てん》で「アルバイト」と、生活《せいかつ》はナゾめいていて!?
2度《ど》の脱走《だっそう》、にせものハチの出現《しゅつげん》、そして、病気《びょうき》にたおれた飼《か》い主《ぬし》――。
誰《だれ》も知《し》らなかった、ハチと飼《か》い主《ぬし》、たばこ店店主親子《てんてんしゅおやこ》の絆《きずな》を描《えが》いた、
ドラマいっぱいの感動物語《かんどうものがたり》!

ハチが、お話《はなし》になった!!!

なる実績《じっせき》

プロフィール

名前《なまえ》:ハチ(♀)
生年月日《せいねんがっぴ》:2011年《ねん》4月《がつ》8日《か》
住《す》まい:茨城県水戸市《いばらきけんみとし》
好物《こうぶつ》:カリカリ
特徴《とくちょう》:八《じ》の字《じ》まゆ毛《げ》、
背中《せなか》のハートマーク
特技《とくぎ》:福《ふく》まねき、店番《みせばん》
飼《か》い主《ぬし》(パパ):前田陽一《まえだよういち》
ナゾ:飼《か》いねこなのに
「ひとり暮《ぐ》らし」、昼間《ひるま》は
たばこ店《てん》で「アルバイト」

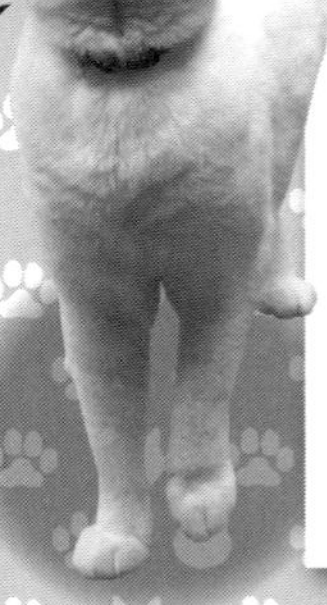

こまり顔《がお》の
看《かん》板《ばん》猫《ねこ》！
ハチの物《もの》語《がたり》
にしまつひろし・写真《しゃしん》／文《ぶん》

ハ《はち》の字《じ》まゆ毛《げ》の猫《ねこ》・
幸《こう》運《うん》の招《まね》き猫《ねこ》★カレイ

縁《えん》結《むす》び！

宝《たから》くじ当《とう》選《せん》!!

「みらい文庫《ぶんこ》」読者《どくしゃ》のみなさんへ

言葉《ことば》を学《まな》ぶ、感性《かんせい》を磨《みが》く、創造力《そうぞうりょく》を育《はぐく》む……、読書《どくしょ》は「人間力《にんげんりょく》」を高《たか》めるために欠《か》かせません。

たった一枚《いちまい》のページをめくる向《む》こう側《がわ》に、未知《みち》の世界《せかい》、ドキドキのみらいが無限《むげん》に広《ひろ》がっている。

これこそが「本《ほん》」だけが持《も》っているパワーです。

学校《がっこう》の朝《あさ》の読書《どくしょ》に、休《やす》み時間《じかん》に、放課後《ほうかご》に……。いつでも、どこでも、すぐに続《つづ》きを読《よ》みたくなるような、魅力《みりょく》に溢《あふ》れる本《ほん》をたくさん揃《そろ》えていきたい。読書《どくしょ》がくれる、心《こころ》がきらきらしたり胸《むね》がきゅんとする瞬間《しゅんかん》を体験《たいけん》してほしい、楽《たの》しんでほしい。みらいの日本《にほん》、そして世界《せかい》を担《にな》うみなさんが、やがて大人《おとな》になった時《とき》、「読書《どくしょ》の魅力《みりょく》を初《はじ》めて知《し》った本《ほん》」「自分《じぶん》のおこづかいで初《はじ》めて買《か》った一冊《いっさつ》」と思《おも》い出《だ》してくれるような作品《さくひん》を一所懸命《いっしょけんめい》、大切《たいせつ》に創《つく》っていきたい。

そんないっぱいの想《おも》いを込《こ》めながら、作家《さっか》の先生方《せんせいがた》と一緒《いっしょ》に、私《わたし》たちは素敵《すてき》な本作《ほんづく》りを続《つづ》けていきます。「みらい文庫《ぶんこ》」は、無限《むげん》の宇宙《うちゅう》に浮《う》かぶ星《ほし》のように、夢《ゆめ》をたたえ輝《かがや》きながら、次々《つぎつぎ》と新《あたら》しく生《う》まれ続《つづ》けます。

本《ほん》を持《も》つ、その手《て》の中《なか》に、ドキドキするみらい――。

本《ほん》の宇宙《うちゅう》から、自分《じぶん》だけの健《すこ》やかな空想力《くうそうりょく》を育《そだ》て、〝みらいの星《ほし》〟をたくさん見《み》つけてください。

そして、大切《たいせつ》なこと、大切《たいせつ》な人《ひと》をきちんと守《まも》る、強《つよ》くて、やさしい大人《おとな》になってくれることを心《こころ》から願《ねが》っています。

2011年《ねん》　春《はる》

集英社《しゅうえいしゃ》みらい文庫《ぶんこ》編集部《へんしゅうぶ》